블론 세이브
(Blown Save)

BLOWN
SAVE

블론 세이브

이진서 소설집

피톤치드

목
차

두 개의
이름

최루탄 냄새가 교실로 스멀스멀 스며들고 있었다. 익숙한 듯 창가에 앉은 애들이 한 명 한 명 일어서서 창문을 닫았다. 언제나 그랬지만, 대학생들의 시위가 요즘 더 빈번해지고 있었다. 일제히 창문을 닫는 어수선한 소음 때문인지 뒤돌아서 문제를 풀던 수학 선생 '닷대'가 잠시 칠판에서 눈을 떼고 우리 쪽으로 고개를 돌렸다. 그리고 바로 먹잇감을 포착한 듯 외쳤다.

"어이, 뒤에 거기 자는 놈. 총알같이 나와."

수업이 거의 끝나갈 즈음이었다. 공장 작업복 같은 회색 재킷만 입고 다녔던 수학 선생의 별명은 '닷대'였다. 그는 수업 시간마다 우리를 교단에 불러내어 자신이 칠판에 적은 수학 문제를 풀게 했다. 문제를 제대로 못 풀면 그는 가지고 다니는 몽둥이로 다섯 대씩 우리 엉덩이를 매질했다. 네 대도 여섯 대도 아닌 항상 다섯 대였다. 이런 과정이 몇 번 지속하자 우린 그를 '다섯 대'의 경상도식 표현으로 '닷대'라 불렀다. 공부 못하는 우리에게 수학은 정말 고통스러운 과목이었다. 오늘 닷대에게 딱 걸린 놈은 나의 절친 '봇대'였다. 전교에서 키가 제일 큰 놈이었다. 각 반에서 제일 큰 놈보다 적어도 한 뼘은 더 컸다. 애초부터 농구장에 있어야 할 놈이었다. 그래도 봇대는 대학 가겠다고 꾸역꾸역 교실에 앉아 있는 좀 어리석은 놈이었다. 우린 그를 전봇대라 부르는 대신 '전'자를 없애고 봇대라 불렀다. 그 덩치 큰 놈이 자기 나름대로 숨어서 잔다고 구석에 엎드렸지만, 그 큰 몸뚱이가 단상 위에 선 닷대의 포위망에 걸리지 않을 리 없었다. 봇대는 인상을 찌푸리며 단상 앞으로 나가려고 몸을 일으켰다. 이때 봇대 옆에 앉아있던 '옥상'이 '총알 같이 나오라'는 닷대의 말을 곡해하여 "야, 총알, 너도 같이 나가야지."라고 큰소리로 외쳤다. '옥상'의 이름은 '옥상현'이었는데 성이 단지 '옥'이어서 붙여진 별명이었다. 누가 붙였는지 모르지만, 그는 고1 때부터 별명이 옥상이었다. 한번 불리면 그 별명은 고등학교 시절 삼 년 동안 지속하곤 했다. 옥상은 언제나 익살맞은 놈이었다. 봇대 근처에 숨어 엎드려 같이 자고 있던 '총알'은 자기를 부르는 소리에 번쩍 얼굴을 들고 주위를 둘러봤다. 총알은 '김영세'란 놈인데 박박 깎은 머리 모양이 얇은 유선형의 총알처럼 보여서 지어진 별명이었다. 자고 있던 총알은 미처 상황 판단을 하지 못한 채 무슨 일 있냐며 그제야 벌떡 일어나 주위를 두리번거리고 있었다. 마침 이마에 팔을 괜 채 엎드려 자고 있던 터라 그의 이마가 벌겋게 얼룩져 있었다. 핏기없는 허연 얼굴에 피어오른 이마의 붉은 자국은 마치 불붙은 총알처럼 보였다. 이 상황에 교실은 한바탕 웃음바다가 되었다. 수학 선생 닷대도 쥐고 있던 몽둥이를 손바닥으로 톡톡 치며 어이없는 듯 헛웃음을 지었다. 우리 반 친구 대부분은 공부와 인연이 없었다. 학교에서 어떻게 반 편성을 했는지 몰라도 우리 반은 전교에서 매월 꼴찌를 도맡았다. 공부 못하는 우리에게 특히 수학은 정말 고문의 과목이었다. 수학 시간이면 닷대 등쌀에 잠도 제대로 잘 수 없었다. 우리 반은 문과 반이었다. 문과 이과 구분은 아이들의 적성과는 무관했다. 공부를 좀 잘하는 놈들은 대체로 이과에 지망했다. 복잡한 숫자나 문자보다 그래도 시험지에서 한글을 더 자주 볼 수 있는 문과가 우리가 시험 치기에 조금 더 유리했을지 모른다. 학교는 매번 시험이 끝나면 전교 석차 백 위까지 식당 앞 큰 게시판에 공개했다. 석차로 우열을 가려 마음 여린 학생들에게 수치심과 패배감을 주기 위한 학교 측의 작은(?) 배려였다. 지금 생각해도 그건 아주 폭력적인 지도 방법이었다. 식당 앞 게시판에 매월 붙는 전교 석차가 곧 학교 내 계급이었다. 안타깝게도 그 백 위 안 명단에 우리 반은 매번 '천인석'이란 놈 한 명 밖에 이름을 올리지 못했다. 우리 학교 삼학년 전체 학급이 열두 개였다. 학급 수로 나눠도 산술적으로 한 반에서 평균 예닐곱 명은 그 게시판 리스트 안에 있어야 했다. 그런데도 학생 편성이 어찌 된 일인지 우리 반은 매번 그 천인석이란 놈 한 명 이상을 명단에 올리지 못했다. 그때까지도 이렇다 할 별명이 없었던 그 천인석이란 놈을 내가 '하늘에서 내려온 놈'이란 의미로 그의 성을 따서 '천자(天者)'란 별명을 붙여 주었다. 공부를 못하는 우리의 패배감은 지속하여 점차 무기력으로 변하고 있었다. 반복된 무기력은 어이없게도 학습 효과로 나타났다. 우리는 열악한 환경을 개선하려는 노력보다 많이 견디며 적응하고자 했다. 삼학년에서 우리 반은 완전히 고립된 것 같았다. 인문계 고등학교에서 공부를 못한다는 건 곧 패배였고 기득권으로부터의 소외였다. 그런 소외감과 패배감이 깊어질수록 우리는 더욱 단결했다. 단결이 이 조직에서 곧 적응이었다. 비록 공부로는 오합지졸이었지만, 어디 가서 우리 반 아이 중 누가 두들겨 맞기라도 할라치면 우리 반 전교 싸움짱 '홍마이'가 나서서 라면 한 그릇에 분풀이를 대신 해주곤 했다. 홍마이의 본명은 '최홍만'이었다. 부산은 일본과 가까워서 받침의 발음을 길게 늘여서 발음하는 것에서 홍마이라는 별명이 지어졌다. 언제 누가 홍만이를 그렇게 불렀는지 잘 기억이 나지 않는다. 수십 년이 지난 지금, 우리 반 친구들 이름을 다시 생각하면 별명 이외에 본명이 뭐였는지 잘 생각나지 않는다. 물론 누가 그런 별명을 짓는지 관심도 없었다. 짧게는 고1 입학 때부터 누군가에 의해 그렇게 불렸을 것이고 길게는 중학교 시절 때부터인지도 모른다. '넌 그냥 그렇게 불려'라고 태어날 때부터 누군가에 의해 정해졌는지도 모른다. 그렇게 불린 이름이 고3 때까지 그들의 한쪽 가슴에 또 하나의 명찰로 붙어있었다. 우린 모두 그렇게 두 개의 이름을 가지고 있었다.

닷대가 엎드린 봇대의 엉덩이에 어김없이 다섯 대를 후려갈겼다. 더도 덜도 아닌 딱 다섯 대였다. 그와 동시에 수업 종료를 알리는 종이 울렸다. 오늘도 한 건 했다는 시늉과 함께 입가에 흐뭇한 미소를 날리며 닷대가 교실 밖으로 유유히 퇴장했다. 아이들은 일제히 괴성을 질렀다. 닷대의 퇴장과 동시에 매점으로 달려가는 한 부류와 담배 피우러 화장실로 달려가는 한 부류, 그리고 책상에 엎드려 잠을 자는 부류로 아이들이 극명하게 갈렸다. 유독 앞자리에 앉은 천자만 수학 시간의 여운을 마저 느끼려는 듯 수학책을 보며 못다 푼 수학 문제를 푸는 데 열중했다. 그런 그를 아무도 건들지 않았다. 천자가 앉은 자리 주위엔 눈에 보이지 않는 동그란 방탄 보호막이 쳐져 있는 것 같았다. 그것을 우리는 아우라라 불렀다. 그는 우리 반 평균 점수를 그나마 올려주었다. 소위 말하면 우리 반의 소년 가장이었다. 그렇게 쉬는 시간이 끝날 즈음, 뒷문 옆 구석 자리에 앉은 '얍실이'가 담임선생의 등장을 알렸다. 얍실이의 본명은 성종현, 깡마른 체구지만, 처세와 적응력이 좋아 붙여진 별명이었다.

"야야, 마귀 떴다."

우리 반 파수꾼 얍실이의 경보에 화들짝 놀란 우리는 모두 잽싸게 자리에 정렬했다. 이때 앞문 열고 마귀 등장, 마귀는 항상 목을 감싸는 검은색 폴라 셔츠와 검은색 양복만 입고 다녔다. 교재와 출석부 그리고 한 손엔 공포의 마귀 곤봉이라 불리는 '마곤봉'을 삼국지 장비의 장팔사모 마냥 항상 옆구리에 끼고 다녔다. 머리 모양은 70년대 영화배우처럼 귀를 덮는 긴 장발 스타일이다. 얼굴에 살도 없어 광대뼈가 도드라졌다. 옷 색깔도 항상 검은색 일색이었다. 선생이라지만, 전체적인 모습은 마치 범죄자 같았다. 좀 잘 말해주면 형사처럼 보이기도 했다. 우리 학교는 사립 재단이었다. 재단 이사장은 군대에 식자재를 납품한다고 했다. 군대 납품이면 얼마나 뒷거래가 많은 비즈니스인가. 그 이사장의 성향에 맞게 마귀도 분명 이사장에게 뒷돈을 주고 선생질한다는 소문이 학교에 파다했다. 그가 가르치는 실력으로 보건대, 마귀는 결코 선생님이라 불릴 교습 능력을 갖춘 사람이 아니었다. 선생으로서 가져야 할 교습 능력과 무관하게 그래도 그는 이사장으로부터 '고3 담임 선생님'이란 막강한 권위를 부여받은 사람이었다. 그 권위는 우리에게 언제라도 폭력을 행사해도 된다는 말과 같았다. 실컷 우리를 두들겨도 '사랑의 매'였다고 그가 한마디 툭 내뱉으면 그만이었다. 우린 그런 부당한 권력을 부여받은 마귀를 두려워했다. 그의 날카로운 눈매와 범죄자 같은 험상궂은 모습도 그렇지만, 특히 그의 마곤봉은 우리에겐 치명적이었다. 마곤봉의 두께는 좀 굵은 소시지

핫도그 정도의 굵기에 길이는 약 50cm가량 되었다. 마곤봉 탄생 신화에 여러 설들이 있었지만, 지리산에서 번개 맞아 부러진 박달나무 가지를 꺾어 만들었다는 설이 지배적이었다. 마귀가 휘두르는 마곤봉으로 엉덩이를 한 대만 맞아도 누구나 대퇴부 뼛속까지 강한 진동을 느낄 수 있었다. 게다가 마곤봉을 휘두르는 마귀의 현란한 손목 스냅 기술은 정말 예술이었다. 삼국지로 말하자면, 마귀와 마곤봉의 궁합은 가히 장비의 장팔사모나 관우의 청룡언월도와 같았다. 마귀의 매질이 불붙기라도 하는 날이면, 물을 가득 채운 양동이를 옆에 두고 마곤봉에 물을 묻혀 가며 우리의 엉덩이를 두들겼다. 물에 젖은 마곤봉은 우리의 엉덩이를 더 찰지게 감았다. 그 찰진 소리는 다음 맞을 차례를 기다리는 친구에게 더욱더 큰 정신적 고통을 주었다. 이날 마귀가 교탁에 출석부와 책을 털썩 내려놓음과 동시에 마곤봉만 들고 바로 복도로 나가면서 우리에게 말했다.

"어제 야간 자율학습 시간에 도망간 놈들 복도로 다 나와."

그의 굵직하고 낮은 한마디에 우린 순간 공포에 질렸다. 어제 분명 파수꾼 얍실이가 그랬다. 마귀의 파란색 낡은 자가용이 해 질 무렵 교문을 빠져나가는 것을 분명 봤다고. 그 말을 듣고 이때가 기회라며 우리는 한 놈 한 놈 교실을 빠져나가 도망가기 바빴다. 결국, 누군가의 밀고, 아니면 마귀의 직감으로 우린 영락없이 그의 덫에 걸린 꼴이었다. 인상을 찌푸리며 어젯밤 야간 자율학습 시간에 도망간 친구들이 하나둘씩 자진하여 복도로

14

나갔다. 으레 그렇듯 누가 뭐라 할 것도 없이 우린 자진해서 복도 바닥에 엎드렸다. 어제 도망갔지만, 시치미를 떼고 자기 자리를 지키는 행위는 이 상황에서 용납되지 않았다. 결국, 진실이 밝혀지면 그놈은 그날이 곧 제삿날이었다. 귀신같은 마귀는 이미 어젯밤 도망자들의 명단을 입수하고 있을 것이라는 근거 없는 선입견이 순진한 우리의 양심을 짓눌렀다. 아니 분명 마귀는 어젯밤 누가 야간 자율학습 시간에 도망갔는지 모두 알고 있을 것 같았다. 지금 생각하면 그건 분명 유명한 '죄수의 딜레마' 이론과도 같았다. 결국, 자신의 이익을 위한 선택이었다고 하지만 순진한 우리는 모두 매를 맞는 선택을 할 수밖에 없었다. 그날도 복도에서 늦가을 보리타작이 시작되었다. 이날도 언제나 그렇듯 수업은 마귀에겐 관심 밖이었다. 나를 포함하여 약 이십여 명이 복도에 줄지어 팔굽혀펴기 자세로 엎드렸다. 마귀는 우리의 엉덩이를 마곤봉에 물을 묻혀가며 후려치기 시작했다. '퍽, 퍽, 뻑.' 마귀는 마치 사디스트처럼 은근히 그 상황을 즐기고 있었다. '니들이 도망을 가?' 같은 말을 혼자 중얼거리며 연신 우리를 때렸다. '퍽퍽' 하는 마곤봉 우는 소리가 복도에 우렁차게 울려 퍼졌다. 최루탄 냄새로 창문을 모두 닫은 조용한 복도에 울려 퍼지는 그 소리는 더욱 장엄하게 들렸다. 옆 반에서 수업 중이던 사회과 박갑봉 선생, 일명 '갑뽕이'가 교실 복도 창밖으로 얼굴만 살짝 내밀었다. 그는 배실배실 웃으며 우리를 약 올렸다.

"어이구, 삼 반은 오늘도 보리타작 하는구먼. 어이 김 선생, 마곤봉 부러지면 말하라고. 내꺼 빌려줄 테니."

갑뽕이도 마귀의 몽둥이를 마곤봉이라 불렀다. 마귀는 고개를 잠시 들어 갑뽕이를 보더니 말없이 씨익 미소만 짓고 매질을 계속했다. 말리는 시누이가 더 미웠다. 그날 마귀의 수업은 역시 없었다. 어젯밤 마누라와 싸웠는지, 이사장에게 한소리 들었는지, 이날 마귀는 단단히 화가 나 있었다. 우리가 어젯밤 야간 자율학습에 도망갔다는 사실이 마귀의 심경을 건드렸을까? 나는 결코 아니라고 단언한다. 마귀는 그런 선생이었다. 실컷 매질한 후 몇십 분 동안 그는 우리에게 심하게 잔소리를 늘어놓았다. 나는 그 잔소리가 하나도 귀에 들어오지 않았다. 우리를 위한 잔소리였다지만, 그에겐 그저 분풀이 대상이 필요했을 것이다. 일장 잔소리를 늘어놓은 후, 남은 시간은 자습하라며 그는 교실 밖으로 휑하니 빠져나갔다. 마귀는 담임이자 국어 선생이었는데 정말이지 가르치는 실력이라곤 거의 초등학교 교생 수준보다 못했다. 어차피 자습서 보고 혼자 공부하는 것이 훨씬 더 나았다. 마귀는 수업 시간에 수업 진도를 나가는 일은 별로 없었다. 번번이 학생 지도라는 명분으로 우리 가방이나 뒤져서 담배 같은 것이 나오면 혼내는 것이 그의 임무였다. 닷대에 이어 마귀한테까지 같은 부위를 연이어 맞은 봇대는 고통스러운 듯 엉덩이에 손을 비비고 인상을 쓰고 있었다.

"어이, 봇대, 개안나?"

마귀에게 맞은 자기들도 아프면서 아이들이 여기저기서 봇대를 위로하는 말들을 건넸다. 그때마다 봇대는 인상을 쓰면서 선생들에 대한 분노를 짧은 한마디로 곱씹었다.

"개쉐이들."

얍실이는 바지를 벗었다. 처세가 좋은 얍실이답게 이미 바지 속에 두툼한 겨울 바지가 한 벌 더 있었다. 그래도 아팠는지 얍실이는 겉 바지를 벗은 채 허벅지 뒤를 손바닥으로 비벼댔다. 옥상은 바지를 벗어 허벅지 뒤에 미리 두툼하게 감아 놓은 붕대를 고마운 듯 만지작거렸다. 반 아이들은 대부분 미리 맞을 것을 예상하여 허벅지 뒤나 엉덩이에 각자 나름대로 준비를 해 놓고 있었다.

마귀가 교실을 나간 지 약간의 시간이 흘러 점심시간을 알리는 종이 울렸다. 일상이지만, 점심시간에 도시락을 먹는 이는 거의 없었다. 모두 2교시 마치면 또는 3교시가 끝나면 가져온 도시락은 대부분 빈 도시락이 되어 있었다. 내 도시락도 이미 비어 있었다. 먹어도 먹어도 배가 고픈 시절이었다. 난 총알과 봇대 그리고 '고구라'와 함께 매점으로 향했다. 과장과 허세가 심했던 '고정학'이란 놈의 별명은 '고구라'였다. 좀 미운 짓을 가끔 하기는 하지만 우리와 달리 주머니 사정이 넉넉했던 고구라는 우리에겐 언제나 부러움의 대상이었다. 때때로 건빵과 크림빵은 자기가 산다며 빳빳한 천 원짜리 한두 장을 우리에게 선뜻 내밀기도 했다. 우린 라면을 주문했다. 추가로 라면에 넣을 건빵과 입가심을 할 크림빵도 샀다. 매일 먹는 일상적인 메뉴였다. 건빵을 라면에 넣어 불려 먹으면 그나마 주린 배를 채우는데 요긴했다. 건빵을 잔뜩 넣은 라면 한 젓가락을 막 뜨려는 순간, 매점 앞에서 한바탕 소란이 일어났다.

"야, 이 씨발년아. 오천 원짜리 줬다 아이가?"

'씨발년'이란 찰진 소리가 매점 안에 울려 퍼졌다. 분명 이런 감칠맛 나는 어조의 욕을 하는 사람은 우리 반 '개주디'밖에 없다고 난 생각했다. 뒤를 돌아보니 아니나 다를까, 우리 반 개주디와 매점 여직원이 실랑이를 벌이고 있었다. 당당히 남학교 매점을 홀로 지키는 그 여직원은 이십 대 중반 정도의 나이로 가슴이 유난히 크지만, 지지리도 박색인 여자였다. 단발머리에 얼굴엔 주근깨가 만발했다. 김유정의 소설 <봄봄>에 나오는 점순이처럼 키도 작았다. 그녀의 큰 가슴조차도 한창 혈기왕성한 우리를 성(性)적으로 전혀 자극하지 못했다. 우리는 매점을 지키는 왕가슴 그녀를 '탱크'라 불렀다. 그날 탱크도 단단히 열을 받아 개주디와 맞섰다.

"뭐, '씨발년아?' 니 나이 몇 살 처묵었노? 이 새파란 새끼가 그냥."

씨발년이란 소리에 열 받은 탱크는 매점 의자에서 벌떡 일어나 매점 문을 박차고 개주디 멱살을 잡았다. '개주디'는 우리 반 '김해영'의 별명이었다. 발음상 여자 이름이고 개성이 독특해서 붙여줄 별명이 유독 많았지만, 해영이를 말해주는 결정적인 한 단어는 역시 그만의 거친 입이었다. 공부는 나만큼 지지리도 못했지만, 아주 익살맞고 유머 감각이 탁월했다. 특히 팔도 사투리 욕으로 이어지는 재미난 이야기로 우리를 매번 즐겁게 해주곤 했다. '개주디'는 '개 주둥아리'의 경상도 사투리다. 별명을 누가 지었는지 정말 그에게 딱 어울리는 별명이었다. 게다가 위장이 안 좋은지 그의 입 주변은 여드름 같은 것이 많아 지저분해 보였다. 잘 깎지 않은 콧수염과 함께 개 주둥아리처럼 항상 그의 입 주변은 거무튀튀했다. 둘은 멱살을 잡고 서로 찰진 욕을 몇 차례 더 주고받았다. 개주디는 오천 원을 줬는데 탱크는 그것을 천 원짜리로 인식한 것이 싸움의 발단이었다. 입은 거칠지만, 천성은 착한 개주디가 천 원권 지폐를 속이고 오천 원 줬다고 우기는 것 같지는 않았다. 탱크도 다시 돈 통을 뒤지면 금세 알 수 있었지만, 갑자기 그의 입에서 튀어나온 상스러운 욕이 문제를 크게 만들었다. 매점에 있는 학생들은 아무도 말리지 않고 재미난 싸움 구경이라도 하듯, 그 둘을 빙 둘러싸고 싸움을 부추겼다. 이때 매점 앞을 지나가던 사회 선생 갑뽕이가 이를 보고 매점 안으로 잽싸게 들어왔다. 개주디와 탱크 주위를 둘러싼 아이들이 자연스레 갑뽕이에게 길을 내주었다. 갑뽕이는 묻고 따지지도 않았다. 개주디는 그 자리에서 갑뽕이에게 시원하게 뺨 두 대를 맞았다. 갑뽕이는 개주디에게 해명할 기회조차 주지 않았다. 그리고 탱크에게 사과하라고 개주디에 명령했다.

"선생님, 그게 아니고예……."

개주디가 그게 아니라고 해명하려 하자 갑뽕이는 다시 손을 들어 뺨을 한 대 더 치려 하면서 말했다.

"이 새끼가 어디 선생님이 이야기하는데."

개주디는 알겠다며 일단 맞지 않으려 뒤로 흠칫 물러났다. 그러곤 마음에도 없는 사과를 탱크에게 했다. 탱크도 씩씩거리며 누나가 남동생 다그치듯 개주디를 향해 몇 마디 덧붙였다. 그것으로 상황이 종료되었다. 갑뽕이의 상황 정리는 아주 편파적이고 일방적이었다. 이 조그만 학교에서 폭력은 약한 이들을 잠재우기 위한 강력한 무기였다.

어수선한 매점 안이 다시 정리되었다. 우리는 뭔가 아쉬운 듯 입맛을 다시며 한쪽 구석 테이블에 앉아 불어터진 건빵 라면을 먹고 크림빵으로 입가심했다. 포장지도 없이 커다란 플라스틱 상자에 벌크(bulk)로 담아 판매하는 크림빵은 정말 맛있었다. 어느 제조사에서 어떤 과정과 재료로 만드는지 알 수 없는 정체불명의 빵이었다. 그래도 그 정체불명의 크림빵 맛은 정말 기가 막혔다. 아마 우리 학교 재단 이사장이 납품하는 군부대에서 건빵과 함께 몰래 빼돌려 자기 학교에 팔아 뒷돈을 챙기고 있을 가능성이 농후했다. 개교기념일이나 학교의 무슨 기념일 같은 날이면 재단 이사장은 어김없이 크림빵 한 개와 건빵 한 봉지를 학생들에게 선심 쓰듯 지급했다. 물론, 그 전에 우리는 이사장의 지루한 연설을 들어야 했다. 운동장이나 강당에 우리를 모아 놓고 재단 이사장이 단상으로 출현할 때마다 스피커에서 요란한 음악이 흘러나왔다. 한두 번 들어봄 직한 행진곡이었다. 이때 모든 선생님은 그를 향해 구십 도 각도로 허리를 굽혀 인사하는 모습이 매번 인상적이었다. 재단 이사장이 선생들에겐 나라의 대통령이나 마찬가지였다. 장관 임명을 대통령이 하듯, 사립학교 재단 이사장은 분명 선생을 채용할 수 있는 임명권이 있었다. 우리 학교 선생들은 결코 교육청에서 배정하지 않는다. 이사장이 가진 그 막강한 권한이 없다면, 마귀나 갑뽕이 같은 사람도 교편을 잡는다는 사실을 도저히 설명할 수 없었다. 크림빵을 덥석 한 입 베어 문 후 고구라가 입을 열었다.

"오늘 우리 당구장 갈래?"

총알이 물었다.

"너 돈 있나?"

오늘 당구장에 가고 안 가고의 문제는 야간 자율학습 빼먹는 것과 무관했다. 우리에겐 오직 돈만이 문제였다. 고구라가 말을 이었다.

"아빠 친구분이 경성대 앞에 당구장을 하나 오픈했거든. 가면 돈 없어도 연습구 정도는 충분히 칠 수 있지."

"야아, 그럼 당연히 가야지."

우리는 모두 찬성했다. 우린 한창 당구에 빠져 있었다. 책을 봐도 네모난 당구대로 보였고, 마곤봉을 보며 당구 큐를 연상하곤 했다. 고구라 부친은 당시 주유소를 운영하고 계셨다. 우리 반에서 제일 잘사는 놈이었다. 지난 5월 스승의 날에도 고구라는 우리가 모두 보는 앞에서 마귀에게 양주를 선물로 주었다. 고 박정희 대통령이 즐겨 마셨다던 '시바스 리갈'이라고 고구라가 우리에게 서슴없이 말해 주었다. 시바스 리갈이란 술 이름을 고구라를 통해 그때 난 처음 알았다. 부러웠다. 고구라는 공부로 치면 나처럼 뒤에서 놀던 친구였지만, 아버지의 재력을 등에 업고 마귀의 총애를 받고 있었다. 그렇게 간단하게 우리는 모두 오늘 밤 당구장 회동을 합의했다. 오늘 야간 자율학습 출석 체크는 운에 맡기기로 했다. 야간 자율학습 출석 인원 검사를 하는 날과 안 하는 날은 그날 야간 자율학습 당번 선생의 기분에 따라 이루어졌다. 내일 몇 대 맞더라도 두꺼운 바지를 몇 겹 더 입거나 허벅지에 미리 붕대를 칭칭 감아놓으면 그만이었다. 대신 오늘 밤 당구의 유혹은 우리에겐 차마 뿌리칠 수 있는 것이 아니었다. 수업을 마치고 우린 바로 행동에 착수했다. 다른 아이들은 부러움 반 걱정 반의 시선이었다. 마음먹는다고 모두 행동으로 옮길 수 있는 아이는 별로 없었다. 그런 무모함을 가진 친구는 우리 반에서는 나를 포함하여 몇몇 소수에 불과했다. 총알, 붓대, 고구라 그리고 나, 이 네 명의 반 석차를 다 합치면 거의 네 명 몸무게의 합계와 비슷했다. 우리 반에서 죽으나 사나 꼴찌를 도맡는 홍마이를 제외하면, 우리 네 명은 서로 은근한 경쟁자였다. 매번 시험을 치른 후 이 네 명 중 누가 내 앞에 있는지가 슬쩍 각자의 자존심을 건드리곤 했다. 하지만 그때뿐이었다. 같이 매를 맞으며 견디는 우린 그런 사이가 아니었다. 대학 진학은 되면 되는대로, 안 되면 안 되는대로, 우리 넷은 그저 유쾌했다. 대학 진학보다 졸업하기 전까지 한 대라도 덜 맞고 지냈으면 하고 바랄 뿐이었다. 우리는 내일의 걱정은 접어둔 채 즐겁게 교문을 나섰다. 해가 아직 서편 중턱에 걸려 있었다. 해가 벌겋게 떠 있는 이 시각에 교문을 나서는 이는 우리 말고 없었다. 이럴 때면 우리는 우리에게 묘한 특권 의식이 생긴 것 같은 착각을 하곤 했다. 퇴근하는 선생들 눈을 피해 한참을 걸어 시내 큰길가로 나왔다. 최루탄의 매캐한 냄새가 우리의 코와 눈을 자극했다. 오늘도 대학생들이 전투경찰들과 한 판 투척 전을 벌인 모양이었다. 아니나 다를까, 우리 학교 인근 경성대학교 앞을 지날 때 전경들과 대학생들의 대치 장면을 그날도 볼 수 있었다. 우리는 경성대 정문 입구가 바로 보이는 한 육교 위에서 잠시 그 광경을 보았다. '살인 정권 전두환은 물러가라.'라고 붉은 글씨로 적힌 살벌한 플래카드가 눈에 선했다. 전경들은 완전무장한 채 상부의 명령을 기다리며 정문 근처에서 진을 치고 있었다. 그 앞에서 대학생들은 한 손을 들어 올리며 투쟁가와 과격한 구호를 외치고 있었다. 시위를 진압하는 전투경찰들도 그들과 같은 대학생들이 대부분일 건데, 그들은 시위하는 같은 대학생들에 관해 무슨 생각을 할까 나는 잠시 생각에 잠겼다. 아마도 대학생은 우리, 전경은 선생, 전경에게 최종 명령을 내리는 사람은 재단 이사장이라고 치환하면 상황이 딱 맞았다. 대학생은 폭력에 저항이라도 하고 있지만, 우린 전혀 그러지 못했다. 그게 가장 큰 차이란 생각에 나는 씁쓸히 입맛을 다셨다. 학교에서 매일 맞는 것도 싫은데 대학에 가서도 또 군대에 가서도 폭력에 맞서야 하는 현실이 안타까웠다. 당시 전두환 대통령이 대학생들에게 뭘 그리 잘못했는지 난 알지 못했다. 가끔 아홉 시 뉴스를 보면 '땡' 하는 시보와 함께 '전두환 대통령은~'으로 시작하는 아나운서의 멘트를 매번 들을 수 있었다. 시보가 올리면 아나운서는 대통령의 그날그날 치적을 매번 앵무새처럼 반복했다. 뉴스를 보면 대통령은 뭔가 나라에 좋은 일들만 하는 것 같았다. 그런데도 대학생들은 연일 대통령에게 퇴진을 요구하고 있었다. 전두환 대통령은 내가 좋아하는 프로야구를 만든 분이고, 곧 열릴 1988년 올림픽도 유치한 분이라고 아버지가 내게 말했다. 박정희 대통령 암살 후 어지러운 국내 상황을 틈타 전두환 대통령이 아니면 우리나라에 자칫 또 한 번 전쟁이 날 수 있었다고 아버지는 내게 말했다. 전두환 대통령은 이 어지러운 나라를 바로 세워 전쟁을 막은 고마운 분이기도 했다며 아버지는 매번 열을 올려 대통령을 칭찬하곤 했다. 아버지는 최근 대학생의 잦은 시위를 비판하셨다. 반면, 대학생이었던 나의 친형은 내게 말했다. 전두환 대통령을 대학생들은 'DDD'라 부른다고. DDD가 뭐냐고 내가 물었다. 형은 답했다. '두환이 대가리 돌대가리.' 또 형은 내게 말했다. 전두환 대통령을 아무데서도 욕하지 말라고. 지금 이 나라에는 정보기관에서 풀어 놓은 요원들이 가득 차 있다고 내게 겁을 주었다. 그들에게 잡혀가면 전두환 대통령이 운영하는 '삼청교육대'라고 부르는 다른 대학에 잡혀가서 죽도록 맞고 반병신이 되어 돌아온다고 했다. 폭력을 행사하는데 웬 대학이냐고 내가 물었다. 형은 원래 대학 공부가 어렵다고만 말했다. 같이 폭력을 행사하는 학교라도 재단 이사장과 마귀가 있는 우리 학교와 전두환 대통령이 운영하는 그 '교육대학'은 차원이 다른 학교일 거로 생각하니 소름이 돋았다. 매일 밤 뉴스에서 보는 대통령은 벗어진 머리 때문인지 옆집 아저씨처럼 친근하게만 보였다. 원래 진짜 무서운 사람은 겉으로 드러나지 않는다고 형은 말했다. 그래도 난 겉으로 드러난 외모대로라면, 우리 담임선생 마귀가 가장 무서웠다.

곧 해가 질 기미가 보였지만, 대학생들은 물러서지 않았다. 우린 매캐한 최루탄 냄새를 피해 육교에서 내려와 고구라가 말한 당구장으로 피신했다. 당구장 아저씨는 고구라를 알아보더니 우리를 친근하게 맞아주었다. 당구장 아저씨는 최루탄으로 얼룩진 코와 눈을 닦으라며 물수건을 먼저 우리에게 내밀었다. 왜 대학생 형 누나들이 매일 저렇게 시위를 하냐고 내가 아저씨께 물었다. 당구장 아저씨는 답했다.

"광주에서 시민들이 폭동을 일으켰는데 거기서 진압군이 폭도들 몇 명 죽였나 봐. 나라 망칠 빨갱이 새끼 몇 명 죽였다고 대학생들이 연일 저 난리다, 참 내."

내가 물었다.

"아직도 우리나라에 빨갱이가 있어요?"

"너희들은 알 거 없다. 어서 당구나 치거라."

그날 우린 신나게 당구를 쳤다. 매캐한 최루탄 냄새도 매일 계속되는 일상이라 그리 힘들게 느껴지지 않았다. 해가 지면 최루탄 냄새는 많이 가시곤 했다. 6.25전쟁을 겪으셨던 외할머니가 생전에 말씀하셨다. '모두 같이 겪는 난리는 더는 난리도 고통도 아니라고.' 그 난리 통에 옥수수죽만 먹으며 서로 의지하고 도와 전쟁을 이겨냈다고 말씀하시곤 하셨다. 우리는 거의 매일 선생들로부터 이런저런 이유로 두들겨 맞았다. 매일 최루탄 냄새로 또 고통스러웠다. 이건 우리 모두 겪는 고통이었다. 외할머니 말씀대로 이제 이것들은 난리나 고통이라기보다 매일 겪는 일상 중 하나로 자리 잡고 있었다. 지속해서 학습된 무기력은 곧 적응과 체념이란 단어로 변하였다. 당구장을 나서면서 야간 자율학습 무단이탈로 내일 또 맞을 수 있다고 생각하니 기분이 찜찜했다. 내일 일은 내일 생각하기로 했다.

역시나 다음 날, 우린 또 야간 자율학습을 빼먹은 죄로 실컷 마곤봉 맞을 보았다. 우린 모두는 반성하지 않았다. 단지 운이 없었을 뿐이라고 한탄했다. 같이 매를 맞았지만, 오늘 고구라를 치는 마곤봉 소리는 어쩐지 더 작게 들리는 것 같았다. 분명 그랬다. 고구라에게는 마귀가 힘을 덜 들이고 치는 것 같은 느낌이었다. 같이 맞은 우리 모두 느낄 수 있는 소리였다. 이것이 바로 '시바스 리갈'의 힘이었다. 그래도 우리는 그것에 불평하지 않았다. 어제는 고구라로 덕으로 공짜로 당구도 맘껏 칠 수 있었다. 돈 많은 그가 종종 우리에게 라면과 건빵도 사줬다. 그러니 이 정도 차별은 충분히 견딜만했다. 맞는 건 잠깐이었다. 언제 그랬냐는 듯 종이 울리면 다시 우리만의 일상이 시작되었다. 그날 점심시간에 총알과 고구라와 내가 매점으로 가던 중 복도 한구석에서 봇대를 만났다. 워낙 키가 큰 놈이라 어디서든 눈에 잘 띄었다. 봇대가 2학년 후배 두 명을 화장실 앞에 세우고 연신 뺨을 후려갈기고 있었다. 봇대에게 맞고 있어도 까닭을 잘 모르는 2학년 후배 둘은 잔뜩 겁에 질려 있었다. 안 그래도 전교에서 키가 제일 큰 봇대였다. 누구라도 봇대를 보면 그 큰 키에 덜컥 위압감을 느끼기에 충분했다. 나와 총알은 봇대에게 왜 후배를 때리냐고 물었다. 봇대는 상급생인 자신을 훔쳐봤다며 기분 나빠 때린다고 말했다. 맞고 있는 하급생 두 명은 그제야 마치 죽을죄라도 지은 것처럼 고개를 처박고 뒷짐을 지고 잔뜩 겁에 질려 있었다. 봇대가 또 그 애들을 칠 기세였다. 총알이 말렸다.

"봇대야, 그만해라. 라면이나 먹으러 가자."

"이 씨방새들, 앞으로 조심해."

봇대는 씩씩거리며 총알의 만류에 못 이기는 척 하급생을 보내고 우리와 같이 매점으로 향했다. 봇대는 어제부터 닷대와 마귀에게 맞은 것에 대한 화풀이 대상이 필요했다. 아무리 생각해도 그 이유뿐이었다. 이렇게 폭력은 또 폭력을 낳았다. 봇대 옆에서 나도 화풀이로 그 하급생 뺨이라도 후려갈기고 싶었지만 참았다. 오늘은 왠지 그러면 안 될 것 같았다. 긴장해야 하는 날이었다. 오후에 어머니가 학교에 와서 마귀와 면담을 해야 하는 날이기도 했다. 바로 대학입시 원서를 적는 날이었다. 나와 며칠 전 1차 면담을 했으면 그만이지 마귀는 굳이 어머니를 모셔 오라고 내게 말했다. 의도는 뻔했다. 갑뿅이가 작년에 3학년 담임을 맡으면서 차를 바꿨다는 소문이 학교에 파다했다. 올해 처음으로 3학년 담임을 맡은 마귀도 그걸 노리고 있었다. 언제부턴가 3학년 담임을 맡으면 학부모들로부터 돈 봉투를 받아먹을 수 있다는 사실이 기정사실로 되어 있었다. 나는 분했다. 고구라가 스승의 날에 준 값비싼 시바스 리갈이 마귀의 간을 더 키운 것 같았다. 어머니는 그날 야간 자율학습이 시작되기 전 '쓰레기장'으로 오셨다. 우린 교무실을 쓰레기장이라고 불렀다. 쓰레기 같은 선생님들이 모여 있는 곳이어서 그렇게 별명을 지었다. 공부 못하는 아들 때문에 어머니가 학교에 온 사실이 나는 미안했다. 어젯밤에 어머니께 절대 봉투 같은 것을 선생에게 주지 마시라고 내가 당부했다. 어머니는 당신이 알아서 할 터이니 내가 신경 쓸 것 없다고 내게 말씀하셨다. 쓰레기장에서 마귀와 면담을 마치고 나오시는 어머니를 나는 문 앞에서 기다렸다. 엄마의 인상은 좋지 않았다. 바닥을 기는 내 성적에 어머니가 마귀로부터 좋은 소리 들었을 리 없다고 생각했다. 난 대뜸 마귀에게 얼마를 줬냐고 엄마에게 다그쳤다. 엄마는 한숨을 지으며 내가 알 것 없다고 답했다. 대입 원서 잘 부탁해 놓았으니 남은 기간 공부나 더 열심히 하라고 어머니는 내게 말씀하셨다. 마귀에게 봉투를 주기는 준 것이 분명했다. 자식 잘되라고 바라는 부모 마음이 다 똑같겠지만, 잔뜩 돈독이 오른 마귀에게 이용당한 것 같아 나는 몹시 분했다. 반 석차로 따지면 시험 칠 때마다 매번 내 뒤에는 몇 명이 없었다. 내 성적으로 2년제 전문대라도 원서를 쓸 수 있는지 장담할 수 없었다. 봉투로 해결할 문제가 아니었다. 그걸 뻔히 알면서 촌지를 챙기는 마귀가 나는 더욱 미웠다. 이건 역시 내게 또 다른 폭력이었다. 그날 쓰레기장 주위로 많은 학부모가 오고 갔다. 잘 차려입은 어머니 아버지들이 쓰레기장을 들락거리며 담임들에게 촌지를 은밀하게 내밀었을 것이다. 냄새나는 쓰레기장에서 더러운 거래가 이루어졌음이 뻔했다. 촌지를 받고 '아이고 뭘 이런걸, 안 그래서도 되는데' 같은 하나마나 한 말을 우리의 부모님들께 천연덕스럽게 내뱉었을 마귀와 갑뽕이를 생각하니 더욱 피가 거꾸로 솟는 듯했다. 올겨울이 지나면 마귀는 분명히 자신의 차를 바꿀 것이다. 수업이 없는 시간에 마귀는 주차장에서 자신의 새 차를 마른 수건으로 닦으면서 은근슬쩍 갑뽕이에게 자랑질하겠지? 갑뽕이는 내심 배가 아프지만, 자신도 작년에 마귀와 같은 방법으로 촌지를 받아 차를 바꾸었으니 입맛만 다실 수밖에. 언제부터인가 그들은 은밀한 동지였다. 차를 바꾸고도 남은 촌지 중 일부는 아마도 자신이 이 일을 할 수 있도록 권한을 준 재단 이사장에게 감사의 뜻으로 전할 것이다. 그 감사의 뜻은 앞으로도 이런 부정한 '거둬들임'을 매년 반복할 수 있도록 자신의 자리를 보전해달라고 하는 재단 이사장에 대한 충성 맹세 역할을 할 것이 분명했다. 매년 갑뽕이와 마귀 그리고 재단 이사장의 관계는 촌지로 인해 더 단단해진다. 그 단단함은 웬만한 힘으로 절대 떨어지지 않을 것 같았다.

대학입학 원서를 쓴 그날, 우리 넷은 다시 경성대 앞 당구장을 찾았다. 이날은 모두 유독 큐 미스가 잦았다. 이날 당구는 우리 모두 형편없었다. 대입 원서 쓰는 날 부모님이 오지 않은 봇대와 총알은 선택의 여지없이 2년제 전문대를 지원했다. 그들이 4년제 대학을 지원하려 해도 봉투가 없으면 마귀가 결코 그것을 허용하지 않았을 것이다. 큐 끝에 초크를 바르면서 내가 먼저 말했다.

"난 K 대학 국문과 지원했어."

"야, 대단한데, 근데 좀 쎄 보이는데?"

내 말에 2년제 전문대학을 쓴 봇대와 총알은 은근한 부러움과 동시에 걱정하는 눈치였다. 나도 실은 합격할 자신이 없었다.

"남은 기간 열심히 공부하면 붙을 수 있다고 마귀가 우리 엄마한테 바람 넣었나 봐. 부모들이야 선생이 붙을 수 있다는데 하향 지원할 부모가 어딨냐? 씨팔. 떨어지면 나만 바보 되는 거지 뭐. 떨어졌다고 봉투 돌려달라고 할 수도 없을 테니 마귀 새끼가 막 지르는 거지, 아이 진짜."

어머니가 마귀에게 준 봉투가 원망스러웠다. 고구라도 큐에 초크 가루를 묻히며 내 말을 받았다.

"난 P 대학 사학과 썼는데, 붙을 수 있다고 마귀가 거기 쓰래."

"뭐, P 대학? 너 재수하게?"

우린 모두 깜짝 놀랐다. P 대학이면 내가 지원한 K 대학보다 합격선이 한 단계 더 높았다. 붙을 수 있다는 마귀의 말에 우린 더욱더 놀랐다.

"아이 몰라. 운 좋으면 붙을 수 있다고 마귀가 자꾸 우리 아버지한테 헛바람 넣더라고. 우리 아버지도 그 말을 믿고 있나 봐. 마귀 그 새끼도 돈 봉투 받았는데 내 실력에 맞는 대학원서 써 주기는 자기도 미안했겠지. 씨팔, 떨어지면 내년에 '서면 대학'에나 가야지 뭐."

"젠장, 내년엔 너랑 나랑 서면 대학에서 같이 만나겠구먼."

서면 대학은 재수를 의미했다. 부전동 서면이란 동네에 재수 학원이 밀집해 있었다. 서울로 치면 '노량진 대학'이나 다름없었다. 총알이 어이없는 듯 말을 이었다.

"마귀 그 개새끼가 봉투 맛 좀 보더니 사람을 완전 바보로 만드는구만. 젠장. 학부모들한테 봉투 받는 게 우리 때리는 것보다 백배 더 나쁘다 정말."

재수를 기정사실로 받아들이는 듯, 체념한 표정으로 고구라가 당구대에 바짝 엎드려 저 멀리 붉은 공을 겨냥하며 말했다.

"암, 맞고말고. 봉투 받아 사람 홀리는 것이 때리는 것보다 훨씬 더 나쁘지."

그날 당구는 평소와 달리 더 엉망이었다. 마음이 심란해서인지 모두 큐 미스가 잦았다. 쉬운 공도 웬일인지 잘 맞지 않았다. 실수가 잦은 탓에 게임이 끝나지 않고 지루하게 이어졌다. 희뿌연 담배 연기에 당구장 안은 답답했다. 총알이 창문을 활짝 열었다. 이날도 경성대 정문 앞은 여전히 시끄러웠다. 대학생 형누나들은 공권력의 폭력에 저항하며 정권 퇴진을 외치고 있었다. 오늘따라 그 외침이 메아리처럼 공허하게 들렸다. 마침 해가 뉘엿뉘엿 지고 있었다. 당구장 안의 자욱한 담배 연기와 아직 가시지 않은 바깥의 매캐한 최루탄 냄새가 섞여 눈과 코가 심히 불편했다. 이 불편한 공기는 지루하게 이어지는 지금의 이 당구처럼 쉽게 가시지 않을 것 같았다. 이날 따라 유독 더 심한 무기력감이 밀물처럼 내게 밀려왔다.

인중 끊어진
여자

모친은 생전에 내게 늘 말씀하셨다. 내가 여자 복 지지리도 없는 놈이라고.

모친의 그 말이 당시에는 무슨 뜻인지 나는 도무지 알 수 없었다. 생전에 모친은 동네에서 꽤 유명한 역술인이셨다. 가내 (家內)의 힘든 결정을 해야 할 때마다 동네 아주머니들은 내 모친을 찾곤 했다. 아주머니들이 우리 집으로 모친을 만나러 올 때면 항상 양손 가득 먹거리나 살림살이 따위를 우리 집에 가져다 놓곤 했다. 모친은 특히 손금과 관상에 정통했다. 생전에 모친은 식사를 마치면 으레 마당 앞 따뜻한 평상에서 햇볕을 쬐곤 하셨다. 그때마다 아직 한참 어린 나를 당신의 무릎 위에 앉히고 내 손금과 관상을 유심히 보곤 하셨다. 내게 앞으로 이래서 잘 살겠네, 저래서 못 살겠네 라며 내가 알지도 못할 말로 혼자 중얼거리셨다. 미신인지 아닌지를 떠나서 사주와 관상 또는 손금 같은 것에 의지하여 미래의 길흉화복을 점치고 그에 대비하는 것을 누가 뭐하고 하겠는가. 인간은 어차피 불완전한 존재 아니었던가. 하지만 모친은 그것을 통해 당신 특유의 직설적 화법으로 아직 한참 어린 내게 심하게 상처를 주시곤 했다. 그중 모친으로부터 내가 가장 많이 상처받았던 말은 바로 이 말이었다.

"에그에그, 여자 복 지지리도 없는 놈."

중이 제 머리 못 깎는다고, 그러시는 당신의 남편은 그 당시 술과 도박에 빠져 가족과 연락이 끊어진 지 수년이 지나고 있었다. 모친이 결국 위암에 걸려 임종을 맞이할 때도 아버지는 결코 우리 앞에 나타나지 않았다. 내 기억에서 아버지는 애초부터 없는 사람이나 마찬가지였다. 지금 생각해보면 어머니가 내 귀에 딱지가 앉을 정도로 해줬던 '여자 복 지지리도 없는 놈'이란 말은 모친이 자신에게 하는 한탄이었는지 모른다.

"에그에그, 남자 복 지지리도 없는 년."

안타깝게도 일찍 돌아가신 모친과 주색잡기에 빠져 어디 계신지 생사조차 모르는 부친, 이런 열악한 환경을 헤치고 살아오면서 나는 박복했던 부모 복을 보상받고자 하는 열망은 남달랐다. 힘든 가정에서 자란 아이가 대체로 그렇듯이, 나도 역시 일

찍 철이 든 것이다. 그 '철'이란 것이 자립심이나 독립심 같은 것
보다는 방향이 좀 다른 것이었다. 그것은 세상을 요령껏 살아가
는 처세 같은 것이었다. 가령 절에서도 새우젓을 얻어먹을 수
있는 눈치나 '말빨', 또는 힘센 자에 빌붙어 떡고물이라도 빌어
먹을 수 있는 뻔뻔함 같은 것 말이다. 내가 가진 이런 유전자가
조실부모의 힘든 환경과 맞물려 어려서부터 힘을 발휘하기 시
작했다. 언제부터인가 나의 그런 능력이 점점 더 탁월해지기 시
작했다. 어렵사리 대학을 졸업할 즈음, 나의 그 능력은 마침내
정점에 다다랐다. 내게 주어진 힘든 상황을 종합 분석하면서 그
즈음 나는 앞으로의 내 인생 향방에 관한 중차대한 결론을 내렸
다. 그 결론은 바로 '인생은 역시 한 방이다.'였다. 능력 있는 부
모 밑에 태어나는 것이 그 '한 방'의 최고봉이었지만, 그건 내게
이미 떠나간 버스와도 같았다. 하지만 내게도 아직 '후천적 한
방'은 남아있었다. 그것은 바로 정략결혼이었다. 어이없게 들릴
지 모르겠지만, 그 당시 그건 내게 아주 중요한 문제였다. 가진
것 하나 없이 태어나 평생 진흙밭에서 뒹굴지 않으려면, 정략결
혼을 등에 업은 신분 상승만이 내가 할 수 있는 유일한 선택이
었다. 여자를 잘 만나 그 덕에 발복(發福) 하는 것, 그리고 그렇
게 힘들게 만든 가정이 깨지면 안 되니까 보험용으로 아이까지
가지는 것, 이것이야말로 내가 태어나서 살아가는 목표이자 이
유였다. 결혼 적령기에 들어서 물질적으로 제대로 갖추고 그런
대로 출산 능력이 있는 여자만 만나 결혼한다면 내 젊은 날 고

생은 거기서 끝날 것으로 나는 굳게 믿고 있었다. 어쨌든 그 믿음은 하루하루 경제적으로 정신적으로 힘든 나날을 보내야 했던 내게 버틸 힘을 주는 신앙이었다. 학창 시절 신앙심이라곤 털끝만큼도 없었지만, 여자를 손쉽게 만날 수 있다는 장점 때문에 나는 교회를 열심히 다녔다. 어렵사리 들어간 대학 전공도 여자들이 몰려 있는 식품영양학과였다. 시험 성적에 맞춰 학과를 선택한 건 결코 아니었다. 그런 선택은 분명 확고한 내 인생 목표 달성을 위한 위대한 첫걸음이었다. 내가 아는 한, 이 학과만큼 여학생이 많은 학과는 없었다. 애초부터 식품이나 영양소에 나는 관심조차 없었다. 치기 어린 젊은 시절, 수십 번의 시행착오를 거친 내 노력의 결과로, 마침내 나는 대학 졸업 후 세 명의 정략결혼 후보자를 발굴했다. 그 세 명의 여자 중 누구와도 내가 결혼에 성공하기만 하면 분명 내 삶은 거기서부터 달라질 수 있는 그런 막강한 후보자들이었다. 하지만 그 첫 번째 희망의 탈출구는 역시 만만한 상대가 아니었다. 하긴 뭐 인생 '한 방의 블루스'가 그리 쉽게 이루어지랴.

첫 번째로 만난 여자는 자신이 가진 것만큼이나 도도하고 기가 센 여자였다. 그녀의 아버지는 누가 들어도 알만한 재계의 거물이었다. 그녀는 가정 배경이나 성격 그 자체로도 강적이었지만, 복병은 다른 곳에 있었다. 그 여자는 심각한 수준의 애연가였다. 하루하루 담배 내공이 쌓이고 쌓여 한창때는 하루에 다섯 갑을 피운다고 했다. 나는 처음엔 그녀가 '담배 장이'인 줄 전혀 몰랐다. 그녀와 연애한 지 수 개월이 지나서 나는 그 사실을 알게 되었다. 그녀도 그간 내게 자신의 흡연 사실을 숨기기 위해 얼마나 큰 노력을 했겠느냐고 생각하면 그녀의 마음고생도 어지간했으리라. 해가 진 어두운 교정의 한 벤치에서 그녀와 내가 첫 키스를 하는 순간에도 나는 그녀 입에서 담배 냄새를 전혀 맡을 수 없었다. 하지만 언젠가 술자리에서 그녀는 더는 참기 힘들었는지 내 앞에서 자신도 모르게 덥석 담배를 물고 말았다. 당구와 술은 반드시 흡연을 불러일으키는 것이 주지의 사실이다. 여자가 흡연하는 것이 뭐 그리 큰 대수라고, 그냥 좋게 넘어가면 그만일지 모른다. 하지만 그렇게 넘어가기에 그녀는 일정한 선을 넘고 말았다. 담배는 고1 때부터 피웠다고 그녀는 내게 고백했다. 하루에 서너 갑을 여태껏 피워왔고 그즈음 자신도 모르게 그 양이 점점 늘어나 급기야 하루 다섯 갑까지 양이 늘었다고 내게 말했다. 그녀는 섹스 없이는 살아도 담배 없이는 못 산다고 말했다. 하루 다섯 갑을 기본으로 피우는데 그간 나 만나면서 어떻게 참았는지 그녀가 참 대견하기까지 했다. 하루 다섯 갑이면 무려 백 개비였다. 잠자는 시간을 빼면 약 십 분에 한 개비를 피워야 할 엄청난 양이었다. 이미 '버린 몸'이라 그런지 내게 흡연 사실 고백한 후 그녀의 흡연은 더욱 거칠 것이 없었다. 흡연 횟수와 간격도 그 전보다 더 잦아진 것 같았다. 그녀는 한때 학생 운동에 열중했었다. 있는 집안 장녀로서 부모의 기대와 자신의 가치관이 잘 맞지 않아 집안과 갈등이 잦았다고 한다. 급기야 그녀는 졸업 후 아버지의 입사 권유도 마다하고 내가 들어도 잘 모를 무슨 시민단체에서 들어갔다. 당당하고 자의식 있어 보이는 그녀가 나는 좋았다. 지금은 부모와 갈등을 좀 겪고 있지만, 어쨌든 그녀의 아버지는 재계의 거물이란 사실에는 변함이 없었다. 그녀와 결혼해서 덜컥 그녀 아버지에게 손자라도 안겨준다면 장인의 회사를 내가 통째로 삼킬 수도 있는 노릇이었다. 하지만 시간이 좀 흘러 그녀와 결혼까지 생각해 보니 나는 덜컥 겁이 났다. 그녀와 결혼해 애라도 낳는다고 생각해 보자. 아이가 좀 자라서 외할아버지 품에라도 안길 때면 '아빠, 외할아버지한테서 엄마 냄새나'라고 투정 부리면 정말 난처할 것 같았다. 기실은 애연가 부인이 임신 기간 중이라도 태어날 아이를 위해 담배를 끊을 수 있을지, 혹은 낳은 아이가 흡연 때문에 열성 유전자를 가지고 태어나기라도 하면 어쩌나 하는 괜한 걱정이 앞섰다. 자기 암시란 정말 무서운 것이었다. 여자 복 지지리도 없는 놈이란 모친의 그 독설은 결혼 적령기에 들어선 내게 아주 많은 혼란을 주었다. 나는 어느 순간부터 순수한 시각과 마음으로 여자를 대할 수 없게 되었다. 이건 정말 아닌 것 같았다. 웃기는 일이지만, 담배 때문에 첫 번째 여자와 그렇게 헤어졌다. 내 첫사랑은 자욱한 담배 연기와 함께 그렇게 훅 날아가 버렸다. 지금 생각하면 정말 내가 미쳤다고 생각한다. 그깟 담배가 뭐라고. 장인어른이 재벌 아니었던가. 아내가 아무리 골초라도 돈이면 그것을 충분히 보상받을 수 있었다. 아니,

그러고도 남았다. 그 단순한 사실을 그때는 왜 몰랐을까. 당시
엔 내가 무엇엔가 홀려 있었음이 분명했다. 어쨌든 모친의 말대
로 내가 자발적으로 그녀를 떠난 것이니 여자 복 지지리도 없는
것이 정말 맞는 말 같았다. 지금쯤 그녀는 어디서 뭘 하고 있을
까? 나의 중대한 판단 착오에 나 자신을 경멸한다.

　내가 두 번째로 만난 여자는 우리 둘 간의 작은 인연을 내가
집요하게 엮어서 만나게 된 여자였다. 살면서 체득한 나의 '헝
그리(hungry) 정신'으로 그녀와의 인연을 내가 의도적으로 만들
었다. 억지로 집요하게 인연을 엮어낼 만큼 그녀는 나를 구원
해 줄 아우라가 철철 넘친다고 한때 나는 착각했었다. 그녀는
돈 많은 집안의 외동딸이자 음대를 나온 피아니스트였다. 그녀
는 어느 기관에 소속이라도 되어 거창한 무대에 서는 그런 피아
니스트는 아니었다. 어느 카페에서 용돈 벌이용 아르바이트 정
도로 재미 삼아 피아노를 치는 여자였다. 그녀는 고고한 자신을
쳐다보는 남자 손님들의 시선을 즐겼을 뿐, 피아노를 치면서 받
는 쥐꼬리만큼의 보수에 그다지 집착하지 않았다. 그래도 될 만
큼 당시 그녀의 집은 부자였다. 사실 피아노를 전공했어도 학교
졸업 후 이름 있는 악단에 들어가기는 하늘의 별 따기였다. 뭐
사실 난 그녀가 피아노에 천부적인 자질이 있다고 생각하진 않
는다. 그러거나 말거나. 내가 그녀에 관해 관심을 가졌던 건, 그
여자가 가진 피아니스트로서의 고고한 아우라나 예술가적 재
질이 아니었다. 알다시피, 내가 군침을 흘린 건 그녀가 가진 경

제적 배경이었다. 고매한 예술에 돈을 들이대서 좀 미안하지만 그런 거창한 형이상학 논리를 떠나 허리띠 풀어놓고 '허리 하 (下)학적'으로 논해 보자. 예술을 전공하려면 나름 집안의 원조 가 있어야 한다. 당시 그녀의 부친은 조그만 건설 회사를 운영 하신다고 했다. 당시 그녀의 집안은 경제적인 면에서 괜찮은 것 처럼 보였다. 무엇보다 그녀는 외동딸이었다. 외형적 조건만 봐 도 괜찮은 집안에서 곱게 자란 외동딸과 별 볼 일 없는 내가 결 혼에 골인할 수 있다고 장담할 수 없는 상황이었다. 하지만 당 시 난 그녀와 결혼할 수 있을 것이라 확신했다. 여자를 나름대 로 내 편으로 만들 수 있는 타고난 끼가 내게 있었다. 풍류와 낭 만을 즐기셨던 '위대한' 아버지의 피를 이어받았기 때문이리라. 자고로 피는 못 속이는 법이었다. 게다가 어린 시절 조실부모의 척박한 환경으로부터 내가 생존을 위해 키워 온 능력은 단 두 가지였다. 하나는 내 몫을 얻기 위해서라면 누구에게도 지지 않 는 '말빨'과 또 하나는 절에 가도 새우젓을 얻어먹을 수 있는 소 위 '눈칫빨'이었다. 여자를 나의 편으로 만드는 데 있어서 이보 다 더 좋은 무기란 돈 이외에는 없었다. 하긴 돈이 없어 제일 문 제지. 어쨌든 한동안 그녀의 마음을 얻기 위한 내 노력은 치밀 했다. 아버지가 주신 타고난 능력을 바탕으로 내 노력은 결실을 보았다. 그녀에게 결혼을 언급해도 어색하지 않을 사이로 우리 의 관계는 날로 발전했다. 사실 그녀 부친의 재력과 사업 능력 은 내가 외면할 수 없는 치명적 유혹이었다. 그 집안의 사위가 되어 장인의 후계자가 된다면, 나는 단번에 금수저를 얻게 될 것은 뻔한 이치였다. 하지만 사람 일이란 어찌 그렇게 마음먹은 대로 쉽게 되었던가. 그녀와 한동안 잘 지내던 중, 불행하게도 내가 우려했던 문제가 발생했다. 그 문제란 내가 이 여자와 결혼을 해야 하나 말아야 하나를 가름할 중대한 것이었다.

그즈음 그녀의 부친 사업이 일순간에 악화일로에 들어섰다. 그녀의 부친은 중소 브랜드 건설업을 하셨는데 어떻게 하다가 자금 순환이 아주 완벽히 막혀버렸다. 하긴 그 당시 굴지의 건설 업체도 속속 도산하는 판국에, 중소 브랜드 건설 회사가 그 험했던 부동산 경기 한파를 견뎌낸다는 건 무리였다. 건설업이란 잘 알려진 대로 아랫돌 빼서 윗돌 막는 사업이었다. 아랫돌을 빼서 거기에 시멘트를 바르는 동안만이라도 건물이 붕괴하지 않아야 견딜 수 있는 사업이 곧 건설업이었다. 그녀의 부친은 결국 그 위기를 견디지 못했다. 동맥경화와 같은 자금 순환 악화였다. 그녀의 부친은 집에도 안 들어가며 채권자를 피해 지방 어딘가를 전전했다. 그런 그녀의 집안은 순식간에 거의 풍비박산 일보 직전에 이르게 되었다. 불과 몇 달 사이에 벌어진 일이었다. 인생이란 정말 애석하게도 동전의 양면과도 같았다. 급기야 그녀도 카페에서 용돈 벌이 정도의 아르바이트에서 벗어나 본격적인 생활 전선에 뛰어들어야 했다. 그녀는 그즈음 무리하여 은행에서 대출을 받았다. 장녀로서 집안을 다시 일으켜야한다는 무거운 책임감이 그녀를 짓눌렀다. 그녀는 피아노 학원을 차린다고 한동안 분주했다. 공주처럼 손에 물 안 묻히고 자란 외동딸이 자영업이라니. 나는 말리고 싶었다. 요즘 누가 아이를 피아노 학원에 보낸다고. 하지만 잘 나가는 집안 외동딸로서, 그리고 고고한 피아니스트로 고생 모르고 자라 온 그녀가 사회에 나가 돈을 벌기 위해 할 수 있는 선택은 많지 않았다. 그렇게 속성으로 개업한 피아노 학원은 처음 몇 달만 반짝했다. 결국, 건물 주인과 인테리어 업자의 배만 불린 채, 그녀의 피아노 학원은 폐업 절차를 밟아야 했다. 당연한 순서였다. 나 역시 이쯤에서 그녀로부터 탈출을 시도해야 했다. 뻔뻔하고 매정했을지언정, 나도 살아야 했기에 어쩔 수 없었다. 흔히 말하면 '빵빵한' 집안 외동딸은 사위로서 최상이지만, 그 반대의 경우엔 사위가 다 쓰러져가는 집안의 가장 노릇까지 해야 했다. 그야말로 외동딸의 사위가 된다는 건 양날의 검이었다. 명과 암이 공존하는 것이 세상 살아가는 이치였다. 덜컥 겁을 먹은 나는 어렵게 쥐어 든 칼자루를 조용히 놓아두고 겁에 질려 그녀로부터 도망가 버렸다. 그것은 어려서부터 내게 심어진 살고자 하는 나의 본능이었다. 헤어질 당시 그녀가 내 앞에서 흘린 눈물의 양이란 냄비에 담아 라면을 끓여 먹어도 절대 모자라지 않을 정도였다. 내가 생각해도 난 정말 나쁜 놈이었다. 그래도 조금이라도 변명을 하고 싶다. 난 내 인생에 '플러스알파(plus alpha)'가 되는 동반자가 필요했다고. 그간 나도 아주 힘들었는데 사랑이라는 허울을 쓰고 그 대가로 처가의 무거운 경제적 짐까지 내가 질 수 없었다. 물론, 언젠가 그녀 부친이 사업 부진을 털어내고 멋지게 재기하여 옛 명성을 다시 찾을지 모른다. 어려울 때 지켜주는 남자가 평생 배필이지만, 나는 역시 그런 위인은 못 되었다. 나는 단지 한 치 앞을 못 보는 현실주의자일 뿐이다. 그렇게 잔뜩 겁을 집어먹고 나는 그녀로부터 전격 후퇴하였다. 다시 한번 돌아가신 모친의 그 지긋지긋한 주술이 생각났다. '여자 복 지지리도 없는 놈.' 아니 어쩌면 그녀의 부친이 지금쯤 재기에 성공하여 다시 옛 부귀영화를 누리고 있을지 모른다. 왠지 그럴 것만 같다. 왜냐하면, 난 여자 복 지지리도 없는 놈이니까.

세 번째 그녀는 지금 내 앞에 다소곳이 앉아 있다. 물론 이 여자는 담배를 피우지 않는다. 돈 없는 집안도 아니고 외동딸도 아니다. 그녀는 연예인 데뷔를 꿈꾸는 무명 연기자였다. 몇몇 영화에 단역으로 나왔지만, 아직 그녀를 알아보는 사람은 없었다. 첫 번째 여자처럼 내 앞에 앉아있는 그녀의 집안은 그리 화려하지 않았다. 그렇다고 두 번째 여자만큼 절망적인 상황도 아니었다. 상투적인 자기소개서 첫 문장에서처럼 '엄하신 아버지와 인자하신 어머니 밑에서' 그저 무난하게 잘 자란 모범생이었다. 연예인 지망생답게 외모도 출중했다. 두 번의 실패 이후 나는 여자 선택에 대한 노선을 약간 변경하기로 했다. 변경보다 적응이란 말이 더 정확한 단어다. '발복(發福)'이란 어쩌면 같이 살면서 만들어 낼 수도 있을 것 같은 생각이 들었다. 배우자를 고르는 기준에 대한 나의 가치관이 변하는 순간이었다. 이미 갖

취진 '발복녀(女)'는 내 주위에 흔치 않았다. 또 있더라도 경쟁률이 만만치 않은 법이었다. 그런 발복녀가 내게 덜컹 다가올 리도 없다. 그나마 지금 내 앞에 앉아있는 이 여자라면 살면서 같이 발복할 가능성이 충분한 여자라는 느낌이 들었다. 토요일 오후, 카페의 조그만 테이블에 우리는 마주 앉았다. 커피잔에 시럽을 조금 넣고 흔들며 그녀는 애교 섞인 말투로 내게 물었다.

"오빠 어제 뭐 했어?"

연인끼리의 상투적인 물음이다. 어제 내가 뭐 했는지 진짜 궁금해서 묻는 것이 아니다. 어제 혼자 일본 야동 보다가 '졸라 꼴려서 딸딸이를 세 번이나 쳤다'는 그런 진실한 답변이 듣고 싶은 것은 설마 아니겠지. 그녀가 듣고 싶은 답변은 뻔하다. 그녀의 윗입술에 묻은 카푸치노 크림을 로맨틱하게 휴지로 살짝 닦아주면서 나는 말했다.

"온종일 너 생각만 했어."

"어머, 정말?"

그녀는 나의 모범답안을 듣고 좋아서 활짝 웃었다. 그녀의 입꼬리가 살짝 올라가면서 윗입술이 벌어졌다. 동시에 새하얀 그녀의 잇몸이 드러났다. 내가 생각해도 이렇게 말하는 나 자신이 참 가증스러웠다. 어쨌든 난 눈치빨과 말빨의 신(神)이었다. 내가 던진 미끼를 덥석 문 그녀는 다시 말을 이었다.

"나에 대한 무슨 생각?"

내가 만난 여자들은 항상 이런 식으로 구체적인 답변을 원했다. '너 오늘 예쁘다'보다 '오늘 연분홍 눈 화장이 이런 멜랑꼴리 (melancholy)한 날씨와 아주 잘 어울려, 꼭 비 오는 날 카페에서 홀로 우수에 젖어있는 연예인 김태희 같아' 따위의 말이다. 이 때 중요한 것은 그녀가 연예인 김태희를 좋아하는지 아닌지를 사전에 잘 파악해 두어야 한다. 혹시 그녀가 싫어하는 연예인과 닮았다고 말하는 기초적인 실수를 범해서는 안 된다. 만나는 여자가 어떤 연예인을 좋아하는지, 또는 어떤 옷차림과 화장법을 선호하는지 정도는 몇 번만 만나보면 쉽게 파악할 수 있다. 그 축적된 데이터를 기반으로 그날그날 구체적인 포인트를 짚어서 나는 여자를 칭찬해 준다. 그런 칭찬 거리를 찾으려면 언제든지 수십 가지는 쉽게 찾을 수 있다. 단지 약간의 관심이 문제다. 내 칭찬에 고무된 여자는 금세 마음과 함께 그녀의 돈지갑을 홍해 바다가 열리듯 활짝 내게 열 것이다. 단지 나는 돈 안 드는 말 몇 마디 했을 뿐인데, 그 결과는 얼마나 창대한가. 여자의 마음을 얻기란 내겐 이토록 쉬운 일이었다. 결혼도 이처럼 참 쉬울 것 같았다. 하지만 결혼이란 신중히 해야 한다. 재혼이나 그 이상을 하면서라도 진정 내 삶을 구원해 줄 로또복권 같은 배우자를 찾는 것도 삶을 살아가는 한 가지 방법이긴 하다. 하지만 여러 번 결혼이란 역시 많은 수고가 든다. 삶에서 생채기도 남게 마련이다. 단 한 번의 시도로 로또복권 여섯 자리 번호를 다 맞춰야 하는 난제 중의 난제가 바로 결혼이다. 특히 그간 지지리도 없었던 부모덕까지 얹어 출발선부터 뒤처진 내 인생을 이자까지 쳐서 만회하려면 결혼할 여자 선택이란 내겐 로 또복권 맞추는 것 이상으로 힘든 숙제였다. 게다가 난 억세게 여자 복 없는 놈이란 모친의 음습한 주술까지 덮어쓰고 있지 않은가.

나는 내 앞에 다소곳이 앉아 있는 지금 이 여자와의 미래를 잠시 생각해봤다. 뭐 그럭저럭 나만 큰 실수하지 않는다면 내 선택으로 이 여자와 결혼할 수도 있을 거란 오만이 생겼다. 지금 생각해보면 말도 안 되는 자만심이자 만용이었다. 가끔 이런 자만심은 때로는 상대 여자에게 자신감 있는 남자라는 이미지로 둔갑하여 호감으로 변하기도 했다. 단지 그 유효기간은 그녀 눈꺼풀에 콩깍지가 쓰여 있는 짧은 기간에만 해당하였다. 그러니 나는 속전속결이 필요했다. 다행스럽게 이 여자도 내게 호감이 있는 것이 분명했다. 지금 만나는 이 여자는 비록 지금은 연예인 지망생이지만, 훗날 TV에 종종 출연하는 진짜 연예인으로 발탁될 가능성도 있다. 첫 번째 만난 그녀처럼 골초도 아니다. 더구나 두 번째 여자처럼 풍비박산 일보 직전의 집안 외동딸도 아니다. 물론 결혼 전과 결혼 후에 사람은 많이 달라지겠지만, 적어도 이전에 만났던 여자들처럼 결격 사유가 한눈에 드러나지는 않았다.

하지만 오래지 않아 불행하게도 난 그녀가 가진 결정적 결격 사유를 발견하고 말았다. 물론 누구에게나 해당하는 보편적인 결격 사유가 아닌 내게만 은근히 신경 쓰이는 결함이었다. 다

된 밥에 코 빠진 형국이랄까. 이제 용의 눈에 점만 찍으면 되는데 그럴 수 없는 참 아쉬운 상황을 발견하고 그즈음 난 심각한 갈등에 빠져버렸다. 그 결격 사유란 바로 그녀의 코끝 아래부터 윗입술까지 이어지는 '인중'이 끊어져 있다는 사실이었다. 혹자는 그게 뭘 대단하다고 말할지 모른다. 콧수염이 좌우로 갈라지는 코 아래 중앙 부위에 난 세로로 깊게 파진 골을 인중이라고 부른다. 인중이 끊겼다는 중차대한 사실은 관상학적으로 자궁에 심각한 문제가 있는 것이라고 어머니가 생전에 내게 말씀하셨다. 관상이나 사주 손금 같은 것에 기반을 두어 모친이 내게 들려준 사실은 아주 많았다. 대충 기억하기로 이런 것들이었다. 가령 머리에 가마가 두 개면 시집을 두 번 갈 여자다, 광대뼈가 튀어나오면 괴강살이 있어 남자 괴롭힐 여자고, 턱이 없거나 움푹 패어 있으면 재(財)물복이 없는 여자며, 새끼손가락 아래 짧은 가로줄이 결혼선인데 이게 휘지 않고 곧게 한 줄만 있어야 남자와 해로한다, 뭐 이런 근본 없는 구전 속설 같은 것들이었다. 이밖에도 돌아가신 모친으로부터 주워들은 이런 설들은 수십 가지가 넘었다. 그중 인중이 끊겨있다는 사실은 이를테면, 위에서 열거한 시시한 것들과는 다소 부류가 다른 것이었다. 남자를 괴롭히거나 돈복이 없다거나 남자와 해로하지 못한다는 말은 설령 그렇더라도 어느 정도 내가 감내할 수 있는 것들이었다. 그렇지만, 자궁에 심각한 문제가 있어 아이를 못 낳는다는 건 내게 심각한 것이었다. 결혼에 골인하더라도 부부를 이어

48

주는 아이가 없다면 그건 언제든 가정이 깨질 수가 있다는 것을 전제했다. 적어도 나에겐 그랬다. 아이를 못 가진다는 사실은 '배우자를 통해 발복하는 것'이란 근본적인 나의 개운(開運) 노선에 맞지 않는 경우였다. 논리적으로나 학술적으로 뛰어난 식견과 통찰을 가졌다면 모르겠지만, 창호지처럼 얇디얇은 귀를 가진 내게 모친으로부터 전해 들은 인중이 끊어졌다는 결격 사유는 가히 치명적이었다. 첫 번째 여자 담배장이는 담배도 담배려니와 광대뼈가 툭 불거져 나왔다. 볼 터치 화장으로 좀 가리긴 했지만, 영락없이 그 광대뼈는 도드라졌다. 안 그래도 무슨 시민단체에 근무하면서 자신의 주장에 대해서 대단한 독기를 내뿜었다. 결혼해서 같이 살라치면 그녀의 그 강력한 광대뼈의 기에 내가 눌릴 것이 두려웠다. 두 번째 여자는 모친이 말씀하셨던 금과옥조와는 무관했지만, 경제적 형편이란 어느 것과도 비견할 수 없는 절대적인 기준이었다. 그래서 탈락. 어쨌든 지금 내 앞에 앉은 이 여자의 입술 위 인중을 나는 자세히 다시 들여다봤다. 그녀의 인중을 더 자세히 보고자 난 테이블에 팔꿈치를 괸 채 손으로 턱을 받치고 그녀 얼굴 앞으로 내 얼굴을 한 치 더 내밀었다. 그녀의 코 아래 푹 파인 인중이 내 눈에 더 가까이 다가왔다. 그녀의 인중 중간 부분에 인중 위아래를 끊어버린 선명한 가로 주름이 잡혀 있었다. 코 아래에서 윗입술까지 세로로 곧고 굵게 패어 있어야 할 인중이 가로 주름에 의해 선명하게 끊어져 있었다. '물 좋고 정자 좋은 곳 없다더니, 아 정말 아쉽다.' 난 속으로 깊은 한숨을 쉬었다. 아무것도 모르는 그녀는 내 눈을 보며 방실방실 웃고만 있었다. 여자가 담배 좀 많이 피우면 어때서, 집안이 경제 문제로 풍비박산이 나면 좀 어때서, 애를 좀 못 낳으면 어때서, 둘만의 사랑으로 이 모든 것을 감당하면 되지 않겠냐고 말하는 사람도 있을 것이다. 내겐 천만의 말씀이다. 결혼 후 애까지 낳고 미운 정 고운 정 들어서 빼도 박도 못 하는 상황이라면 또 모른다. 하지만 물건을 고르는 것으로 비유하자면, 지금은 내가 원하는 상품을 장바구니에 담는 단계일 뿐이다. 최종 구매를 확정 지을 엔터키(Enter Key)를 아직 누르지도 않은 상태다. 여자를 상품으로 비유해서 송구하지만 내게 이 구매 결정은 일생일대의 중대사가 걸린 문제다. 여자가 단 한 명밖에 없는 무인도에 표류하지 않은 이상, 굳이 시작 전부터 눈에 보이는 위험을 감내할 필요는 없었다. 아이 없이 단 둘이 사는 것도 좋다. 그래도 사랑이란 유효기간이 있지 않던가. 아이가 없다는 사실은 살면서 둘이 사이가 소원해지면 언제든 쉽게 갈라설 수 있는 일이다. 이왕이면 다홍치마가 좋다. 다홍치마는 아니더라도 당장 내 눈에 보이는 결격사유를 감내해야 할 만큼 사랑이 내게 그렇게 고귀하지는 않다. 결혼은 신분 상승의 도구이자 수단이라는 사실을 나는 다시 상기했다. '예측 가능한 결과에 집착하는 삶' 이것이 진정 내가 추구하는 이상적인 삶이었다. 나는 다시 나에 대해 무슨 생각 했냐는 그녀의 물음에 대답했다.

"오늘 너랑 하는(?) 생각?"

"뭘 해?"

"에이, 잘 알면서."

내가 너스레를 떨며 말했다. 그녀도 내 의도를 잘 알고 있는 듯 곧 말을 이었다.

"오빠 나랑 같이 있고 싶어서 그렇지? 나랑 같이 있으면 그렇게 행복해?"

그녀가 이런 대답을 하는 것을 보니 일단 성공이다. 그녀도 오늘 밤 나와 잠자리를 같이 할 마음이 있음을 나는 직감할 수 있었다. 경험상 이 시점에서 절대 물러서면 안 된다. 나는 상황을 확실히 마무리하고자 말을 받았다.

"응. 너랑 함께하는 것이 아주 행복해. 그럼 우리 오늘 밤 같이 있을까?"

그녀는 말없이 입가에 살짝 미소만 지었다. 여자의 침묵은 곧 긍정이었다. 곧바로 우린 카페 문을 박차고 나와 시내 뒷골목의 어느 모텔로 돌진했다. 카페를 박차고 나오는 순간부터 우리 둘은 발정 난 한 쌍의 암수였다. 특히 오늘은 끊어진 그녀의 인중이 정말 유효한 기능을 하는지 나는 확인하고 싶었다. 평소 그녀와 섹스를 할 때 나는 항상 콘돔을 착용했지만, 어느 순간부터 나는 그것을 착용하지 않았다. 그녀도 내가 콘돔을 착용하는지 마는지 신경 쓰지 않았다. 그날 이후 그녀와 섹스를 할 때마다 나는 시원하게 그녀의 질 안에 사정했다. 우리는 만나기만

하면 곧장 가까운 모텔로 달려가 매번 거사부터 치렀다. 그러다가 그녀가 덜컥 임신이라도 하면 나는 그녀와 결혼하리라 이미 마음먹고 있었다. 인중이 끊어져 애를 못 가진다는 모친의 말이 잘못된 사실이기를 바랐다. 그녀가 덜컥 임신이라도 할라치면 오히려 내겐 행운이었다. 그녀의 부모님 처지에서 생각해 보자. 남부럽지 않게 잘 키운 젊고 예쁜 자신의 딸을, 가진 것이라곤 빳빳한 자지 하나밖에 없는 내게 쉽게 내어 줄 리 만무했다. 하지만 그녀가 임신이라도 덜컥한다면 전세는 금세 역전될 수 있었다. 난 내심 그것을 노리고 있었다. 내가 가진 무기라곤 그것밖에 없었다. 내 모친의 유훈과 달리, 그런데도 그녀가 임신할 수 있다는 사실을 확인할 수 있어서 좋고, 떡 본 김에 제사 지낸다고 이참에 그냥 그녀와 결혼해 버린다고 해도 나로서는 뭐 하나 손해 볼 건 없었다. 그날부터 시도 때도 없이 우리는 모텔 투어(tour)를 다녔다. 그것은 같은 '방망이'를 쓴다는 점에서 야구로 말하자면 '히트 앤드 런(hit & run)' 같은 것이었다. 일단 지르고 볼 일이었다. 이후 상황은 타자가 친 공의 방향을 보면서 판단하면 될 일이었다.

　시간이 흐르면서 그녀가 아이를 못 가진다는 우려가 곧 현실로 다가오기 시작했다. 끊어진 그녀의 인중은 우리가 모텔을 전전하는 동안 제대로 효과를 발휘하고 있었다. 모텔 상우회로부터 감사패를 받아야 할 만큼 우리는 제집 드나들 듯 이곳저곳 모텔을 순회했다. 젊음과 욕정의 분비물을 그 모텔들 침대 위에 열정적으로 쏟아부었다. 모텔 방에서 우리가 뿜어낸 몸속 체액의 총량은 둘이 같이 목욕을 하고도 남을 양이었다. 어떤 날은 성적 흥분을 참지 못하고 괴성을 지르는 그녀의 입을 내가 수건으로 틀어막기도 했고, 정력이 소진되어 모텔 방에서 기름진 야식을 시켜 먹고 원기를 다시 보충하고 '더블헤더(double header)'를 치르기도 했다. 그렇게 수개월의 시간이 지났다. 항상 무리한 탓에 언제나 내 아랫도리가 후끈거렸다. 그럼에도 불구하고, 그녀의 임신 소식은 없었다. 그간 야식까지 시켜 먹으며 아랫도리가 마르고 닳도록 그녀와 모텔을 전전하며 뒹굴었지만, 역시나 허사였다. 그러면서 나는 심각한 혼란에 다시 빠졌다. 더는 검증이 필요치 않았다. 우려가 현실이 되는 순간이었다. 이 결과는 모두 끊어진 그녀의 인중 탓이란 것을 확인할 수 있는 순간이었다. 이렇게 된 이상, 이제 나는 인생 중대사의 갈림길에서 전략적인 선택을 해야만 했다. 끊어진 인중의 위력을 확인한 나로서는 그럼에도 우리의 사랑을 숭고함으로 승화시킬지, 아니면 현실적인 다른 대안을 찾아야 할지 선택할 수밖에 없었다. 결혼 후 아이가 없다면 가정을 오래도록 유지할 수 없다고 나는 굳게 믿고 있는 터였다. 언제나 그렇듯, 갈등 상황에서 내 고민의 시간은 그리 길지 않았다. 그녀와 '쿨(cool)'한 이별을 택하기로 나는 마음먹었다. 쿨하다는 표현은 순전히 내게만 유효한 표현이었다. 그녀의 마음은 안중에도 없었다. 일단 내가 먼저 살고 볼 일이었다. '중대 선택의 갈림길에서 과거를 뒤돌아보지 않는 것' 이것이 내가 정한 삶의 원칙이기 때문이었다. 어느 날 나는 단호하게 그녀에게 이별을 선언했다. 이번엔 그녀의 저항도 만만치 않았다. 정(情) 중에 가장 끊기 힘든 정이 잠자리에서 서로 같이 '떡을 치며' 쌓아 올린 '떡정'이라 하지 않았던가. 그간 쌓아 올린 그 정분을 하루아침에 끊기란 여간 힘든 일이 아니었다. 그녀에게 이별 사유를 '네 인중이 끊겨서'라고 나는 차마 말하지 못했다. 그렇게 말하면 나 스스로 너무 부끄럽고 비겁할 것 같았다. 그것은 그녀가 이해할 수도 없는 이유였다. 나로부터 청혼을 기다렸을 그녀는 난데없는 이별을 받아들여야 했다. 그녀 측면에서 보면 이유도 분명치 않았다. 그렇다고 이별 사유를 솔직히 말해줄 수도 없는 노릇이었다. 몸과 마음을 너무 쉽게 허락한 자신 탓이라며 그녀는 자책했다. 그렇게 우리는 헤어졌다. 난 정말 천벌을 받아도 마땅할 놈이었다. 이후의 처절했던 이별 과정은 생략하기로 한다. 그 분량은 장편 소설로도 모자랄 테니 말이다.

세 번째 그녀와 헤어지고 잠시 휴식기를 거친 후, 다시 인생 배필을 찾기 위한 나의 행군은 계속되었다. 헤어짐의 아픔을 치유할 수 있는 명약은 또 다른 만남뿐이었다. 그렇게 네 번째 여자를 찾아야 했다. 내 나이도 어느덧 차오르고 있었다. 모친이 살아생전 말씀하셨던 '여자 복'이 그리 쉽게 오지 않으리라 애초부터 마음먹고 있었다. 좋은 것은 역시 힘들게 얻는 것이라고 생각하니 한결 마음이 가벼웠다. 한편, 네 번째 여자를 찾으려는 내 의지는 이번에는 내 마음대로 되지 않았다. 세 번째 그녀를 내 발로 차버린 것이 부메랑이 되어 나쁜 기운으로 내게 되돌아온 것일까. 그 이후 맘에 드는 여자를 만날 기회가 별로 없었다.

반면, 나와 헤어진 후 독기를 품었는지 세 번째 그녀는 한 케이블 방송사의 TV 드라마를 통해 연기자 지망생에서 서서히 진짜 연기자로 발돋움하기 시작했다. 재벌가 남자와 삼각관계에 얽힌 두 여자 이야기였다. 전형적인 막장 드라마였는데, 세 번째 그녀는 주인공 재벌남을 유혹하는 술집 새끼 마담으로 열연했다. 비중이 큰 역할은 아니었지만, 탁월한 그녀의 외모는 시청자의 눈길을 사로잡기에 충분했다. 그 드라마 출연을 계기로 그녀는 그야말로 발복했다. 여기저기에서 섭외가 봇물 터지듯 터졌는지 그 이후 여러 TV 드라마와 예능 프로그램에서 그녀의 모습을 볼 수 있었다. 어쩌면 내가 그동안 그녀가 가질 복을 가로막고 있었는지도 몰랐다. 다시 그녀에게 연락을 취해볼까 했지만, 차마 그럴 용기가 없었다. 이제 나는 그녀의 소식을 인터넷 포털 사이트를 통해서만 알 수 있게 되었다. 그녀는 브라운관에서 연일 승승장구했다. 그러던 중, 그 이듬해에 그녀는 잘나가는 한 사업가와 결혼을 발표했다. 곧이어 그녀의 임신 소식도 여러 매체를 통해 알려졌다. 그녀의 임신 소식은 내겐 충격이었다. 그녀의 끊어진 인중이 효력을 다한 것일까. 아니면 내 아랫도리가 애초부터 씨 없는 수박이었을까. 허탈감이 밀물처

럼 밀려왔다. 세 번째 그녀의 임신 소식을 전해 듣고 나는 비뇨
기과 내원을 심각하게 고민했다. 아내가 바람을 피워 낳은 자식
임을 알면서 내 친자식으로 인정해야만 하는 김동인의 소설 <발
가락이 닮았다>의 난봉꾼 M의 심정이 이랬을까? 나는 비뇨기과
의사에게 '애초부터 내게 문제가 있었노라'는 답변을 들을 용기
가 차마 없었다. 비록 발가락일지라도 나 스스로 납득할 수 있
는 핑계를 찾는 것이 비뇨기과 의사를 대면하는 것보다 내게 훨
씬 나은 선택이었다. 그녀가 출연했던 드라마를 보면서 나는 다
시금 한숨을 내쉬었다. 그 순간 모친은 하늘에서 나를 보며 비
웃고 계셨다. 역시 모친은 고개를 가로저으며 내게 비수같이 또
한 말씀 하셨다.

'에그에그, 여자 복 지지리도 없는 놈.'

낡아내지
못한 자를 위한
변명

"언제 시간 날 때 연락해. 소주나 한잔하자고."

엘리베이터 문이 닫히는 순간 김 팀장이 어색한 미소를 지으며 내게 마지막으로 건넨 말이었다. 나는 그와 눈을 마주치지 않으려 시선을 내리깐 채 머쓱하게 손을 살짝 들어 화답했다. 별로 친하지도 않은 사람이 언제 시간 날 때 소주 한잔하자는 말처럼 의미 없는 말이 또 있을까. 이것이 나의 그 의미 없는 세 번째 퇴사 장면이었다. 수백 장 입사원서를 써서 힘들게 입사했던 첫 직장에서도, 야근과 회식에 시달려 더 다니다간 죽을 것만 같았던 두 번째 회사에서도 그리고 조직 안에서 제대로 적응하지 못해 스스로 낙오의 길을 선택한 지금의 직장에서도, 나는 더는 미련이 없었다. 직장 생활은 나와 맞지 않다고, 이제 더는 취직을 하지 않겠노라고, 엘리베이터 문이 닫히는 순간 나는 내 마음의 문도 굳게 닫아버렸다. 회사 주차장을 빠져나오자마자 나는 곧바로 판교나들목 방향으로 핸들을 돌렸다. 퇴사하기 며칠 전부터 나는 여수 밤바다가 보고 싶었다. 직장 생활 실패가 곧 인생의 패배가 아닐 테지만, 내 속에서 끓어오르는 열패감을 나는 견디기 힘들었다.

여수 작금항에서 나는 새벽 첫배를 탔다. 내가 내린 곳은 금오도와 연도 사이에 있는 '안도'라는 섬 왼쪽 곶부리다. 스마트폰을 꺼내어 GPS를 열어보니 내가 내린 갯바위 지형이 마치 이탈리아 지도를 좌우 반대로 그린 것처럼 생겼다. 나는 안도 남쪽, 그러니까 이탈리아 지도 모양으로 말하면 발뒤꿈치처럼 생긴 곳 끝부분에 내렸다. 바로 지척에 여수 현지인들이 '소리도'라고 부르는 연도가 보였다. 안도는 내가 처음 서보는 곳이다. 처음이란 것은 언제나 내 마음을 설레게 한다. 이날 모든 조건은 완벽했다. 바람 한 점조차 없었다. 파도 역시 잔잔했다. 물때도 일곱 물, 이른바 살아나는 물때로 낚시꾼들이 선호하는 물때다. 인터넷 사이트에서 확인한 바다 수온도 18도였다. 이 정도 수온이면 감성돔이 입질하기에 최적이다. 무엇보다 지금은 가을걷이의 계절, 만추(晚秋) 아닌가. 땅에서 가을은 추수의 계절이기도 하지만 바다에서 이 시기는 누가 뭐래도 감성돔을 마릿수로 수확할 수 있는 시기다. 처음 낚싯대를 드리우는 초보 조사라도 빈손 철수를 하지 않을 그런 계절이 곧 늦가을이다.

기대가 너무 커서였을까, 이곳에 내려 낚시를 시작한 지 두 시간이 지났지만, 아직 이렇다 할 입질은 없었다. 가장 입질이 잦아야 할 해 뜰 무렵조차 고등어와 전갱이 등 잡어만 뜨문뜨문 입질할 뿐이다. 갯바위 바다낚시는 해 뜨기 전 갯바위에 하선한 후 점심시간 무렵에 철수하는 일정이 일반적이다. 아침 해가 뜬 이후 오전 아홉 시까지가 이른바 물고기들의 본격적인 입질 시간이다. 이때 감성돔 입질을 받아내지 못하면 그날 낚시는 대체로 빈손 철수를 예상해야 한다. 그 절정의 시간에 감성돔 입질이 없다는 건 무언가 바닷속 조건이 적절하지 않다는 방증이다. 수온이 급격히 낮아졌다거나, 예기치 못한 뻘물이 다량 유입한 경우 등등. 물고기는 다니는 곳으로만 다니고, 머무는 곳에만 머문다. 그들이 적극적으로 먹이 활동을 하는 시간대도 우리 인간이 삼시 세끼를 먹는 것처럼 대체로 정해져 있다고 나는 믿고 있다. 약 이십 년간 바다에서의 낚시 경험이 이런 믿음을 더욱 확고하게 했다. 이 믿음은 오늘도 예외를 허용하지 않았다. 이미 오전 아홉 시를 지나고 있지만, 앵두색의 빨간 내 찌는 무심한 듯 수면 위를 방방거리며 흐를 뿐이었다. '쑥 내려가라, 내려가라' 하며 나는 찌를 향해 염력을 불어넣었다. 나의 희망과 달리 찌가 쑥~하며 수면 아래로 처박기는커녕 바다 수면에 반사된 눈부신 아침 햇살만이 방정맞게 내 눈알을 때릴 뿐이었다.

'거 참, 이상하네. 입질이 올 때가 됐는데.'

이 말을 나는 속으로 몇 번을 되뇌었다. 해는 이미 중천에 떠올라 있었다.

'모든 조건이 완벽한데, 오늘도 글렀나?'

나는 낚싯대를 내려두고 그만 갯바위에 털썩 주저 않고 말았다. 오늘도 역시 그른 것이다. 나는 아이스박스를 열어 준비해온 도시락을 꺼냈다. 밥이나 먹고 햇빛을 피해 그늘을 찾아 쪽잠이라도 자고 나면 곧 철수 배가 올 것이다. 전날 밤 장거리 운전을 마다않고 이곳까지 달려왔건만, 오늘 낚시는 기대와 달리 내게 실망만 잔뜩 안겨주었다.

어느 유명한 바다낚시 프로 꾼이 바다낚시라는 행위를 이렇게 칭한 적이 있었다. '바다낚시란 불확실성에 대한 도전'이라고. 언뜻 그럴듯하게 들린다. 내가 던진 미끼는 수면 아래에 있고 물 밑 상황은 그 아래로 들어가 보지 않는 한 낚시꾼으로서는 알 수가 없다. 수면 아래는 이른바 불확실의 세계다. 낚시를 시작하면서부터 물 밑으로 던져 넣은 많은 양의 밑밥 속에 바늘을 품은 나의 미끼가 달랑 하나 있을 뿐이다. 집어제와 혼합한 크릴새우 밑밥 중 나의 낚싯바늘을 숨긴 새우 미끼를 감성돔이 덥석 하고 물지 않으면 그날 낚시는 이른바 '빈손 철수'다. 수학으로 말하면 내가 감성돔을 낚을 확률은 과연 얼마나 될까. 나는 쓸데없이 그것을 계산해본다. 보통 벽돌 정도의 모양과 크기로 얼린 직육면체 크릴새우 덩어리를 하루 낚시에 약 다섯 덩어리 정도 녹이고 부셔서 집어제와 함께 물고기를 유인하는 밑밥으로 사용한다. 꽁꽁 얼린 크릴새우 한 덩어리면 대략 새우가 몇 마리나 될까? 대략 오백 마리라고 치자. 다섯 덩어리면 이천오백 마리, 하루 낚시에서 크릴새우를 바늘에 한 마리 걸고 바다로 던지고 거두고를 내가 약 백 번 정도 한다고 치자. 그러면 내가 던진 밑밥 속에 섞여있는 바늘 달린 내 미끼를 감성돔이 물 확률은 이천오백 분의 백이다. 숫자로 치면 겨우 0.04, 백분율로 말하면 겨우 4%다. 물 아래에 감성돔이 지천으로 널려있다고 해도 말이다. 감성돔은 일반 잡어들과 달리 많은 무리가 떼를 지어 다니지 않는다. 이걸 고려하면 밑밥 냄새를 맡고 어쩌다 몇 마리 흘러들어온 감성돔이 내 미끼를 물 확률은 당연히 4%보다 훨씬 더 낮아지게 마련이다. 바다낚시를 불확실에 대한 도전이라고 말한 프로 꾼의 말은 이런 연유로 그리 틀린 말도 아니다. 하지만 세상 모든 일을 수학으로 설명할 수 있는가. 나 역시 매 가을철이면 4%라는 낮은 확률이 무색하게 아이스박스를 감성돔으로 꾹꾹 눌러 담아 채워가곤 했었다. 슬롯머신 도박장에서 이른바 '777 쓰리세븐 쌈바'를 한번 맛본 도박꾼은 평생 도박을 끊지 못한다. 대부분의 낚시꾼 역시 감성돔에 중독된 환자라고 나는 생각한다. 이길 확률 겨우 4%에 중독된 중증 환자.

컴퓨터를 켜고 나는 내 블로그에 접속했다. 어제 출조에 대한 후감을 기록해두기 위해서다. 못 낚은 것에 대한 이른바 반성문이다. 날씨, 바람, 파도, 물때 그리고 포인트 여건에 대한 상황과 함께 감성돔 입질을 받지 못한 나름의 이유에 대해 적어 내려갔다. 모든 조건이 완벽했음에도 감성돔을 낚아내지 못한 이유 혹은 핑계가 나는 필요했다. 내가 내린 결론은 명쾌했다. 끝까지 최선을 다하지 않아서라고 나는 판단했다. 관행적으로 오전 아홉 시 이후라면 입질이 없을 것이라고 섣불리 판단하여 철수 시간을 많이 남겨두고도 일찍 갯바위에 주저앉아 버린 것, 이것이 어제의 패인이라 자책하며 블로그 글쓰기를 마무리했다. 블로그를 닫으려다가 나는 문득 페이지 오른쪽에 걸려있는 내 프로필 사진을 클릭했다. 내 프로필 사진은 이륙 직전의 비행기다. 그 사진 아래 오래 전 내가 쓴 내 프로필, 거기엔 이렇게 적혀있었다.

'글로써 하늘을 날고 싶은 작가 지망생.
집필에만 전념하고픈 영원한 자유인.'

이제 기억도 가물가물한 첫 직장 생활 시절, 힘들게 입사했지만, 막상 그곳에서의 탈출을 꿈꾸던 중 썼던 프로필이었다. 역시 나란 인간은 직장생활에 최적화된 인간이 아니었다. 그렇다고 내가 가진 변변찮은 잡기를 가지고 프리랜서로 나서도 여기저기서 나를 찾을 만큼 나의 전문성은 그리 탁월하지 못했다. 그러다 나이만 듬뿍 먹어버린, 그저 그런 어정쩡한 상태가 되어버렸다. 내가 처한 이런 상황이 나는 정말 싫었지만, 자업자득이었다. 타협하기 싫어하고 남들과 잘 어울리지 못하는 천성 때문이리라. 마지막 직장에서도 김 팀장은 나의 퇴사를 만류했지만, 바보가 아닌 이상, 나는 안다. 내가 조용히 나가 주었으면 하는 것을. 세 번째 직장을 그만둔 지금 시점이 내겐 무언가 국면 전환이 필요한 시점이었다. 나는 옥탑방 옥상에 올라가 담배를 한 대 물었다. 가슴 속으로부터 깊이 빨아올린 담배 연기 한 모금을 하늘을 향해 힘껏 내뿜었다. 희뿌연 담배 연기가 파란 하늘 속에서 어디론가 향하는 비행기를 가두었다. 머리가 핑 돌았다. 어디론가 자유롭게 날아가고 있는 비행기를 보자 나는 무언가 번뜩이는 아이디어가 떠올랐다. 내가 지금 고민하는 '삶의 국면 전환'이란 역시 살고 있는 틀 밖에서 찾아야 함을 나는 깨달았다. 다시 방으로 들어온 나는 인생의 목표를 다음과 같이 설정하기로 했다.

'문학 공모전에 닥치는 대로 응모한다. 받은 상금으로 종잣돈을 우선 만든다. 돈이 모이면 지중해를 끼고 있는 이탈리아 남부 시칠리아섬으로 떠난다. 기후 좋은 이탈리아 남부 지중해 연안에서 바다낚시를 하며 직접 잡은 물고기로 요리를 만들어 파는 작은 음식점을 운영한다. 이탈리아 남부 여행 가이드북도 출간한다. 그리고 영원히 그곳에 머문다.'

몇 년 전부터 블로그에 이런저런 글을 쓰기 시작하면서 나는 내가 글쓰기에 소질이 있다는 사실을 발견했다. 그 이후 나는 본격적으로 글쓰기에 몰입했다. 특히 그해 여름은 내 글쓰기의 정점이었다. 유난히 더웠던 그해 여름, 나는 방구석에 처박혀 닥치는 대로 소설이나 수필, 심지어 상금이 걸린 독후감 대회까지 겨냥하며 각종 글쓰기 공모전에 응모했다. 받은 상금으로 이탈리아로 떠나기 위한 종잣돈을 만들기로 했다. 우선 이름 꽤 있는 굵직한 공모전에 당선하는 것이 목표였다. 상금뿐만 아니라 글쓰기 능력을 대외적으로 인정받아야 책 출간도 하고 저자로서 입지를 높일 수 있을 것이란 생각이 앞섰다. 해양문학상, 근로자문학상, 김유정문학상, 건설문학상, 등대문학상 등등을 포함하여, 지역 도서관에서 시행하는 독서 감상문 대회까지, 할 수 있는 모든 글쓰기 공모전에 나는 문을 두드렸다. 낚시로 치자면, 물때나 바다 상황을 고려하지 않는 막무가내식 출조였다. 출조지에 가서도 되는 대로 아무 데나 밑밥을 뿌리고 전략 전술도 없이 아무렇게나 낚시를 하는 것과 같았다. 어디든 제대로 된 놈 하나라도 내 미끼를 물어주기를 나는 간절히 바랐다. 정성 들여 준비한 투고라기보다 마치 여름방학 내내 밀린 숙제를 한꺼번에 처리하다시피 한 벼락치기 응모였다. 바야흐로 뜨거웠던 여름이 지나고 아침저녁으로 선선한 바람이 불면서 나의 공모전 낚시의 조과가 서서히 나타나는 것 같았다.

고용노동부 주관 워크넷 취업 성공 수기 가작 당선 : 상금 10

만 원

제38회 근로자문화예술제 단편소설 부문 입선 : 입선은 상금이 없음

제1회 용인시 도서관 주최 전국 독서 감상문 대회 장려상 : 상금 10만 원

해양문학상, 등대문학상, 김유정문학상, 건설문학상, 신라문학대상 등등 : 모두 낙선

실망스러웠다. 당선 상금이 삼백만 원에서 천만 원에 이르는 굵직한 공모전은 역시 모두 낙선했다. 반면, 과거 취업했던 경험을 되살려 쓴 A4 용지 두세 장 분량의 취업 성공 수기나 독서 감상문 공모전처럼 다소 문턱이 낮은 공모전에는 턱걸이로 수상을 했다. 근로자문화예술제에 공모한 단편소설은 입선에 올랐다. 하지만 동상 이상부터 상금이 있었다. 여름부터 그렇게 부지런히 쓰며 응모했지만, 가을걷이로 수확한 상금은 달랑 20만 원이 전부였다.

나는 여기서 좌절하지 않았다. 거절, 거부, 낙선, 퇴사, 실패, 뭐 이런 단어가 나는 언제나 익숙했다. 글의 질보다 양에 치중했던 막무가내식 응모라서 실패가 예상되었던 시도였다고 나는 자위하고 다시 마음을 다잡았다. 낚시에서 감성돔을 잡는 것과 상금 규모가 있는 글쓰기 공모전에 당선하는 것에는 아주 많은 공통점이 있었다. 우선 성공 확률이 비슷했다. 감성돔이 밑

밥 속 미끼를 물 확률을 나는 약 4%로 추정했다. 글쓰기 공모전에 당선될 확률도 이와 비슷한 것 같았다. 인터넷에 올라온 공모전 당선 심사평을 보니 대회마다 응모자가 수백 명에 달했다고 한다. 그 중 특출한 몇 명을 선발하는 것이니 공모전 당선은 감성돔을 낚아낼 4%의 확률과 일견 비슷해 보였다. 또 다른 공통점 중 하나는, 대상어를 못 잡았을 때나 공모전에 낙선한 경우, 아무도 그에 대한 피드백을 해주지 않는다는 사실이다. 출조 후 내가 블로그에 못 잡은 것에 대한 '자체 반성문'을 쓰는 것처럼, 글쓰기 공모전 낙방에도 나름의 분석이 필요했다. 바다낚시에서처럼 물때가 안 맞았거나 잡어가 많아 내 바늘에 달린 미끼를 도둑맞았기 때문에, 이도 저도 아니면 그냥 그날 운이 없어서라며 뭐라도 핑계를 갖다 붙여야 나는 마음이 편했다. 심사위원은 낙선자에게 왜 낙선했는지 일일이 말해주지 않는다. 내 작품이 뭔가 부족해서려니 하며 낙선 사유를 만들어야 낙선했다는 사실을 나 스스로 인정할 수 있었다. 여름 한 철, 밀린 숙제하듯 단숨에 쓰고 밀어 넣은 공모전에 작은 상이지만, 몇몇 공모전 수상자 명단에 올랐다는 사실에 그래도 나는 자신감을 얻었다. 수상자 명단에 오른 이상, 메달의 색을 가늠하는 건 단지 운의 영역이라고 나는 생각했다. 내가 응모했던 공모전 입상 작품 중 대상 혹은 금상을 받은 작품을 찾아서 읽어보면 내가 쓴 작품과 질적으로 그리 차이가 나 보이지 않았다. 밑밥 속에 든 새우 미끼 중 내 바늘에 걸린 미끼를 무는 건 감성돔 마음이자 운이고, 수상권에 오른 작품 중 메달 색을 결정하는 것도 심사위원의 주관적인 마음이자 운의 영역이라고 생각하니 나는 오히려 속이 편했다. 공모전 상금으로 받은 20만 원을 나는 별도로 통장을 만들어 내 꿈을 위한 종잣돈으로 넣어 두었다. 이탈리아로 가기 위한 종잣돈으로는 마중물조차 안 되는 돈이었지만, 첫술에 배부를 수는 없다고 생각하며 스스로 위로했다. 동시에 나는 내 블로그에 적힌 프로필을 이렇게 다시 바꾸어 적었다.

　'이탈리아 남부 시칠리아로 떠날 날만을 고대하는 꿈꾸는 자유인'

　어느덧 11월 말이 되었다. 매년 말 돌아오는 신문사들의 신춘문예 마감 기일이 임박했다. 나는 적잖은 상금이 걸린 신춘문예에 응모할 소설 집필에 몰두하고 있었다. 나는 신춘문예에 매년 응모하여 낙방을 반복하고 있지만, 이탈리아로 떠날 종잣돈을 마련해야 한다는 꿈이 생긴 이후, 신춘문예에 대한 나의 각오는 여느 때와는 달랐다. 운 좋게 당선이 되더라도 적당한 상금으로 위로는 받을지언정, 우리나라 문단에서 신춘문예 당선이 곧 전업 작가로서 진로가 보장되는 것은 아니었다. 신춘문예 당선자 출신 중 지속해서 집필을 하여 유명 작가가 되는 사례가 그리 많지 않았다. 입사시험 합격자처럼 당선 이후 신문사에서 당선자에게 월급을 주는 것도 아니다. 신춘문예 당선자에게 예전처럼 여기저기에서 원고 청탁이 들어오지도 않는다는 것을 나는 잘 안다. 어쩐지 신춘문예의 위상도 예전 같지 않아 보였다. 당선되어도 작가로서의 진로가 불투명하였다. 흔히 말하는 문단 권력이라는 막강한 진입장벽도 있었지만, 그것들이 이탈리아로 떠나게 해 줄 티켓을 향한 나의 열망을 막지는 못했다. 그즈음 나는 소설을 쓰다가 지치면 인터넷을 열어 이탈리아 남부 시칠리아섬을 검색하곤 했다. 누군가가 다녀온 블로그 글들을 탐독했고 <세계 테마기행>이나 <걸어서 세계 속으로> 같은 TV 프로그램에 나오는 이탈리아 편을 찾아 다시 보기를 반복했다. 그리고 그해 11월 말, 나는 그간 써 두었던 소설을 다시 다듬고 또 새로 몇 편의 단편소설을 완성하여 열 곳의 신문사에 각각 한편씩 알토란같은 내 소설을 시집보냈다.

　딸들을 모두 좋은 혼처로 보낸 후 맞이하는 홀가분하고 시원섭섭한 부모의 마음이랄까, 이 공허함을 나는 바다낚시 출조로 달랬다. 나는 지난가을 빈손 철수의 쓰라린 기억을 준 여수 안도로 다시 향했다. 그때 실패의 복수전이었다. 저번처럼 갯바위에 일찍 주저앉지만 않으면 이번엔 충분히 승산이 있다고 나는 판단했다. 여수 작금항에서 금오도를 지나 뱃길로 삼십여 분을 달려 안도 좌측 갯바위에 나는 다시 섰다. 섬 모양 중 일부는 부츠같이 생긴 이탈리아 지도를 방향만 바꾸어 놓은 것과 아주 유사하게 생겼다. 지난번에 나는 그 부츠의 발뒤꿈치 끝부분에 섰지만, 이번엔 오른쪽 뾰족한 발 앞부분에 섰다.

이번 출조에서 감성돔을 잡느냐 마느냐의 결과로 나는 이번 신춘문예 당선 여부와 갈음하기로 마음먹었다. 곧 있을 신춘문예 당선 결과와 지금 갯바위에서 건져 올린 나의 감성돔 조과와 아무 상관이 없지만, 이것은 나만의 의식이었다. 시합에 나가기 전 어제 신었던 양말을 다시 신거나 면도를 하지 않는 것 같은 운동선수의 하찮은 행위는 그들에겐 결코 하찮은 것이 아닌 불문율이나 마찬가지다. 나의 마음도 그것과 다르지 않았다. 지난번 출조에서 나는 패배의 원인을 이른 포기에서 찾았다. 이번엔 절대 그런 잘못을 범해선 안 된다고 다짐했다. 철수 배가 오기 전까지 매 순간 끝까지 물고 늘어져 보리라 나는 애초부터 마음먹고 있었다. 갯바위에 내린 직후부터 서둘러 채비를 하고 낚싯대를 바다에 드리웠다.

문학상 공모전 당선에 변수가 많듯, 바다낚시에도 복병이 있었다. 이날은 전과 달리 바람이 강하게 불었다. 바람에 떠밀려 바다 표층에 잔물결이 일었다. 강하게 부는 바람은 내가 낚싯대를 들고 서 있기 힘들게 했고 낚싯줄을 한없이 수면 가장자리로 밀어냈다. 낚싯줄이 바람에 밀려 저항을 받으면 물속에 잠긴 낚싯바늘을 품은 내 미끼가 수중에서 자연스럽게 침강하는데 방해를 받는다. 물속에 흐드러져 자연스럽게 움직이는 먹잇감에 물고기가 입질하는 것이 낚시의 정석이다. 미끼의 자연스러운 움직임만으로 지렁이나 새우 같은 실제 먹이가 아닌 웜이나 미노우라고 불리는 가짜 미끼로도 얼마든지 대상어를 낚아내는 민물 플라이 낚시나 바다 루어낚시라는 장르도 성행한다. 가짜 루어 미끼로도 얼마든지 물고기가 입질을 하는 것을 보면 물고기들은 먹이의 냄새보다 자연스럽게 움직이는 미끼의 시각적 요소에 훨씬 더 민감하다고 할 수 있다. 미끼의 자연스러운 움직임으로 물고기를 속이는 것이 낚시의 근본 원리임을 생각할 때, 바람이 잔잔할 때보다 더 무거운 납추를 달아야 하는 이런 상황은 낚시에 있어서 악재 중 악재가 틀림없다. 이 강한 바람을 내 채비가 이겨낼 수 없다고 나는 판단했다. 망설임 없이 나는 차선책으로 목줄에 무거운 봉돌을 하나 더 달았다. 이로써 미끼의 움직임은 부자연스럽겠지만, 무거운 봉돌이라도 달아서 감성돔이 있을 바닥층까지 내 미끼를 강제로라도 침강시켜야 하는 것이 우선이었다. 강한 바람 때문에 낚싯줄에 무거운 납추를 달아야 하는 이런 불리한 상황을 나는 신춘문예에 공모한 내 소설의 당선 여부에 빗대어 이렇게 대비하였다.

'소설 속 이야기 상황 전개가 외부 요인(강한 바람)에 의해 다소 부자연스럽더라도 소설은 누가 뭐래도 이야기가 있어야 하니까 우선 끝까지 밀고 나가보자. 대신, 이야기의 부자연스러움을 만회하기 위해 적재적소에 복선을 깔고 정밀한 상황 묘사를 하자.'

내가 생각하기에 이번에 응모한 총 열 편의 작품 중 일부 몇 작품만 제외하면 나머지는 대체로 부자연스럽지 않은 훌륭한 이야기 전개 구조를 지녔다고 나는 생각했다. 하지만 심사위원이 보는 관점은 또 다를 것이리라. '병가(兵家)의 상사(常事)'란 말처럼 바다낚시에 있어서 강한 바람은 흔한 일이었다. 나는 이대로 물러서지 않았다. 남아있는 시간도 넉넉했다. 아직 이렇다 할 입질은 없지만, 우려할 정도는 아니다.

　불운은 한꺼번에 찾아오는 것일까. 바람 말고 또 다른 복병이 있었다는 것을 내가 안 것은 그로부터 얼마 지나지 않아서였다. 왜 한동안 입질이 없나 했더니, 이날은 수면 아래 표층과 중층에 걸쳐 작은 복어와 볼락 치어가 새까맣게 진을 치고 있었다. 수면 위에 둥둥 뜬 찌가 기다려도 반응이 없어서 미끼를 다시 끼우려 채비를 수거할 때마다 바늘엔 미끼가 달려있지 않았다. 이른바 내 미끼를 복어나 볼락 치어 같은 잡어들에게 도둑맞은 것이다. 작은 치어들은 입이 작아서 내 바늘에 달린 미끼를 삼키지 못하고 콕콕 쪼아 먹는다. 조그만 치어들이 내 미끼를 쪼아대면 수면 위 내 찌에 어신이 전달될 리 없었다. 수면 아래 표층과 중층에 군집한 잡어(雜魚) 층을 뚫고 내 미끼를 감성돔이 머무는 바닥에까지 안전하게 내려보내야 입질을 받을 확률이 있었다. 감성돔은 바닥에서 노니는 물고기다. 그놈들은 어지간해선 중층 이상으로 부상하지 않는다. 잡어의 성화 때문에 원하는 대상어를 못 잡는 경우 역시 '낚시계의 상사(常事)'다. 나는 이런 상황을 대비하여 대체 미끼로 옥수수 캔을 미리 준비해 두었다. 볶음밥이나 샐러드에 넣어 먹으면 맛있는 캔 옥수수 알갱이지만, 지금 내게 옥수수 캔은 새우를 대체할 미끼일 뿐이다. 이른바 차선책이다. 감성돔의 입질을 받는 데 옥수수 알갱이는 작은 새우보다 확률이 떨어지는 것은 분명한 사실이었다. 새우는 바닷속에서 그들이 늘 먹어왔던 것이지만, 옥수수 알갱이는 그들에겐 생소한 미끼가 틀림없다. 오늘의 조과로써 이번 신춘문예 당락을 갈음하고자 했던 나만의 의식이 강한 바람에 이어 군집한 잡어에 의해 또 한 번 방해를 받는 순간이었다. 나는 이 상황을 이렇게 묘사했다.

'응모 작품(잡어)이 많아서 심사위원이 내 작품을 심사할 시간이 절대 부족한 상황. 일단 그들 눈과 손에서 내 작품이 떠나지 않게 최대한 시간을 끌어야(옥수수 알갱이로) 한다. 그러려면 소설 도입부부터 승부를 걸어야 한다. 최대한 도발적으로, 그리고 뒤가 궁금해서 놓지 못하게끔 이야기를 전개할 것.'

이런 기준으로 응모한 작품이 총 열 편 중 몇 작품이었는지 나는 곰곰이 생각했다. 몇몇 작품이 떠올랐지만, 대부분은 그렇지 않았다. 나처럼 상금이 목적이 아니더라도 문학에 대한 간절한 열망만으로 신춘문예에 응모하는 사람이 얼마나 많을까 생각하니 나는 한숨이 나왔다. 불과 몇몇 심사위원이 그 많은 응모작을 한정된 시간에 심사해야 하는데 내가 심사위원이라도 처음 몇 장을 읽고 눈에 들어오지 않으면 끝까지 읽지 않고 응모작을 그냥 던져버릴 것만 같았다. 응모할 소설을 쓸 당시에는 나는 미처 이런 부분을 생각하지 못했다. 응모를 끝내고 심사위원인 감성돔의 입장에서 나를 잡으려는 낚시꾼을 바라보니 평소 안 보이던 이런 것들이 눈에 들어왔다.

이날 낚시에 복병은 이것들 말고도 하나가 더 있었다. 이것은 정말 치명적이었다. 해가 중천에 걸릴 즈음, 내가 선 갯바위 앞에 작은 어선이 한 척 다가오더니 나이 지긋해 보이는 한 어부가 내가 선 갯바위 주변으로 수십 개의 통발을 놓기 시작했다. 부표를 묶은 하나의 긴 밧줄에 연결한 수십 개의 통발을 어부는 귀찮은 듯 하나하나 투척했다. 어부는 갯바위에서 열심히 낚시를 하고 있는 나를 아랑곳하지 않았다. 무엇을 잡는 통발인지 알 수 없으나 내 앞에서 통발을 놓는 행위는 감성돔을 잡으려는 내 노력에 분명히 반(反)하는 것임이 틀림없었다. 생업을 위한 어부의 통발 투척 행위를 한가하게 낚시나 하고 있는 내가 무슨 명분으로 제지한단 말인가. 나는 엎친 데 덮친 이 상황이 기가 막혔지만, 달리 도리가 없었다. 통발이 꽤 큰 것으로 보아 내가 잡으려는 감성돔 통발일 수도 있다는 생각에 나는 또 한 번 절망했다. 접근한 어선이 내가 선 갯바위와 그리 멀지 않아서 통발 그물코의 크기가 내 눈에 훤히 들어왔다. 통발 그물코가 적잖이 커 보였다. 치어들 성화를 극복하지 못해 원하던 감성돔을 못 잡고 있는 터에, 지금 어부가 내린 수십 개의 통발이 잔챙이들은 다 빠져 보내고 알토란같은 대물 감성돔만 쏙쏙 잡아내리라 생각하니 나는 심한 무력감을 느꼈다. 이 상황은 또 뭐란 말인가. 나는 응모한 신춘문예 심사 상황에 이를 끼워 맞추려 잠시 생각에 잠겼다.

'심사위원들 연줄(밧줄)에 걸려있는 사람만 당선되는, 뭐 이런 X 같은 상황?'

그 순간 나는 문단권력이란 단어를 떠올렸다. 의심은 있지만, 실체를 확인할 수 없는 단어, 그래서 항상 존재하는 단어다. 어느 학교 문예창작과 출신이니, 누구로부터 사사를 받은 제자라니 또는 블랙리스트나 화이트리스트 등의 보이지 않는 그들만의 리그가 문학계에 존재한다는 소문이 무성하다. 문학상 당선작은 대학 수학능력 시험처럼 응모자의 작품에 객관적인 점수가 주어질 리 없다. 심사위원의 주관적 평가에만 의존할 수밖에 없다. 당선작 혹은 낙선작에 대한 객관적 자료가 있을 리 없다. 그즈음 문단계에는 성폭력이나 성추행 관련하여 그 피해자들이 진실을 밝히는 '미투(Me Too)' 운동이 SNS나 언론을 통해 확산하고 있었다. 가해자들은 대부분 문단권력의 상층부에 있던 사람들이었다. 공모전 당선에 그들 간 모종의 거래라도 있었던 것일까. 문단권력이니 그들만의 리그니 따위의 말을 나는 믿고 싶지 않았다. 누구나 응모할 수 있는 공개된 공모전에서 그럴 리가 없다고 나는 생각한다. 문학 공모전 당선은 이탈리아 남부 시칠리아로 가고자 하는 내 인생의 소중한 꿈이 걸린 문제이기도 하다. 절대 그럴 리가 없다고 나는 단정하고 싶다.

어느덧 저 멀리서 내가 타고 온 낚싯배가 보인다. 출항했던 작금항으로 철수를 위해 나를 태우러 오고 있는 배다. 새벽부터 강한 바람과 많은 잡어와 또 어부가 놓은 통발과 싸웠지만, 이제 패배를 인정해야 하는 순간이다. 나는 오늘도 원하던 감성돔을 낚아내지 못했다. 여러 악재가 있었지만, 변명은 하기 싫다. 모두 내 탓이리라. 오늘의 조과로써 곧 있을 신춘문예 심사결과와 가늠하기로 한 나의 거룩한 의식은 애초에 안 하는 것이 더 나았다. 항구로 돌아오는 배 안에서 나는 그런 의식이란 그저 하찮은 낚시꾼의 징크스일 뿐이라고 자위했다. 돌아오는 배 안에서 나는 그것들을 모두 미신으로 치부했다. 내 마음은 그것을 털어버렸다는 편함과 '그럼에도'라는 찜찜함의 이중적 감정이 교차했다. 무어라 말로 표현하기 힘든 어색한 상황이었다. 그렇게 나를 태운 낚싯배는 삼십 여분을 달려 새벽에 출항했던 작금항으로 다시 돌아왔다. 배에 오르고 내리면서 나는 선장과 눈을 마주치지 않았다. 선장도 그런 나의 시선을 신경 쓰지 않았다. 그날 대상어를 잡은 낚시꾼은 좋은 기분에 들떠서 배에 오르자마자 선장과 눈을 마주치고 물고기를 잡은 상황에 대해 미주알고주알 먼저 이야기하곤 한다. 그때야 선장은 그 낚시꾼과 말을 주고받는다. 나처럼 못 잡은 낚시꾼의 기분을 상하게 하지 않으려는 선장의 불문율 같은 배려였다. 나는 무거운 낚시 가방을 둘러매고 밑밥 통과 아이스박스 등 양손 가득 짐을 들고 배에서 내렸다. 무거운 낚시 장비들을 둘러맨 채 선착장으로부터 난 긴 방파제를 따라 걸었다. 한겨울이지만, 머리 위를 비추는 한낮의 햇볕이 따가웠다. 어깨와 양손에 든 짐이 무거워 도저히 안 되겠다 싶어 방파제 한가운데에서 나는 모든 짐을 내려놓았다. 담배를 한 대 피우기 위해 방파제 바닥에 나는 털썩 주저앉았다. 담배에 불을 붙이고 한 모금 깊이 빨아 마셨다. 따가운 니코틴 성분이 내 식도를 강하게 자극했다. 머리끝이 핑하고 돌았다. 나는 고개를 들고 하늘을 향해 길게 담배 연기를 내뿜었다. 맑디맑은 하늘 사이로 뿌연 담배 연기가 퍼졌다. 그 희뿌연 연기 사이로 큼지막한 비행기 한 대가 어디론가 향하고 있었다. 이탈리아로 날아가고 있을 것만 같은 저 비행기 안 이코노미석 어딘가에 내가 한자리 차지하고 있는 즐거운 장면을 나는 떠올렸다. 이날 담배 맛은 정말 최고였다.

블론 세이브
(Blown Save)

블론 세이브(Blown Save) : 야구 경기 후반부에 팀이 이기고 있는 상황에서 등판한 투수가 동점이나 역전을 허용했을 때를 일컫는 야구 용어. 말 그대로 '날려버린 세이브'를 뜻함.

"남편, 빨래 좀 널어달라니까."

세탁기 안에 잔뜩 쌓인 빨랫감을 하나하나 꺼내며 아내는 거실에서 야구를 보고 있는 남편에게 다그쳤다.

"어, 잠깐만, 지금 중요한 순간이라 요것만 보고."

"아, 남편 진짜, 뭐 보는데."

남자는 TV 화면에서 눈을 떼지 못하고 있었다. 용병 투수 린드블럼(Lindblom)의 호투에 힘입어 두산 베어스가 8회 말까지 5대 2로 앞선 상황이다. 승리를 위한 마지막 고비, 9회 초 2사 1, 2루, 최근 구위가 좋지 않은 두산 베어스의 마무리 투수 김재민은 숨을 헐떡거리며 포수의 사인을 고개 숙여 유심히 보고 있다. '막아줘, 막아줘.' 야구 중계에 집중하고 있는 남자의 소망은 간절했다. 볼카운트 투 볼, 이제 스트라이크를 넣을 차례다. 스트라이크 하나면 경기가 이대로 종료하는 상황이다. '제발 제발.' 남자는 마음속으로 외쳤다. 마무리 투수 김재민이 삼 구째 던진 공은 예상대로 스트라이크 존 안으로 정확히 빨려 들어간다. 아주 한가운데다. 투수가 '아차' 하는 순간도 잠시, 타석에 선 넥센 히어로즈 4번 타자 박병호는 투수의 실투를 직감한 듯, 힘껏 방망이를 휘두른다. 배트에 공이 정확히 맞는다. 타이밍이 정확하다. 경쾌한 파열음과 함께 공은 이상적인 각도를 그리며 높이 솟아오른다. 밤하늘을 가르는 백구의 궤적이 심상치 않다. '이런!' 남자는 순간 탄식했다. 한 점의 흰 포물선은 좌측 외야 펜스 중단을 훌쩍 넘고 말았다. 장내에 이어지는 환호와 탄식, 9회 초 동점을 만드는 넥센의 삼 점짜리 홈런이다. 고개 숙인 두산 베어스의 마무리 투수 김재민, 삼 점이나 앞선 상황 9회 투아웃에서 마무리 투수 김재민은 마지막 한 타자를 범타 처리하지 못했다. 선발투수 린드블럼의 호투로 다 이긴 경기를 자신이 망쳤다는 자책감에 투수는 고개를 숙였다. 불을 꺼야 하는 소방수가 방화범이 되는 순간이었다. 김재민의 올 시즌 여섯 번째 블론 세이브(Blown Save, BS), 그걸 바라보던 남자도 그 순간 '에이 시팔' 하는 외마디 비명과 함께 TV 전원 스위치를 눌러버렸다. 혈압이 오르는 듯, 그는 매일 먹는 고혈압 약봉지를 하나 뜯어 한입에 털어 넣었다.

남자의 이름은 장백수, 어감이 그리 좋지 않은 이름이다. 험난한 세상에서 밀림의 왕 사자가 되어 백 살까지 오래오래 살라고 짐승 수(獸)자 대신 목숨 수(壽) 자를 넣어 그의 부친이 지어준 이름이었다. 영어 이니셜(initial)로 BS. BS는 오늘도 두산 베어스 김재민의 블론 세이브(Blown Save, BS) 경기를 봐야 했다. TV를 끄자 아이들이 서로 리모컨을 차지하려 한바탕 소동이 벌어졌다. 사자가 먹잇감을 남겨두고 자리를 피하자 굶주린 하이에나들이 몰려드는 모습이었다. BS는 투덜대며 그제야 아내가 있는 세탁기 앞으로 갔다. 이어지는 아내의 잔소리 한마디,

"뭐가 그리 재밌는데, 야구가 밥 먹여주나?"

아내의 투정에 BS는 익숙한 듯 머리를 긁적이며 말없이 주섬주섬 다 된 빨래를 대야에 잔뜩 담고 베란다로 향했다. 그의 부친은 아들에게 밀림의 왕 사자가 되라고 하셨지만, BS는 사자보다는 오히려 곰이었다. 한동안 일없이 집에만 있어 살이 잔뜩 올라서 그는 마치 곰처럼 둔해 보였다. BS는 귀찮은 듯 대충대충 빨래를 건조대에 겹쳐 널고 식탁으로 갔다. 그는 식탁 위에 놓인 찐 고구마 큰 것 한 개를 덥석 집어 들었다. 오물쪼물 금세 입속에 다 쑤셔 넣고 고구마 한 개를 더 집어 들었다. 그렇게 몇 개를 더 집어 먹고 물을 한 사발 마셨다. 그는 바로 '끄어~억' 하는 특유의 긴 트림을 했다. 동시에 그는 살짝 한쪽 엉덩이를 들더니 쌍바윗골 틈새로 기가 막힌 소리를 만들어 냈다. '뿌~우우우~웅.' 우렁찬 굉음이 좁은 거실 전체에 울려 퍼졌다. 순간 TV

를 보고 있던 세 아이는 일제히 아빠를 노려보았다. '인간의 몸에서 어떻게 저런 소리가 나지' 하며 아이들은 개탄스러운 눈빛으로 아빠를 바라봤다. 막내딸이 아빠에게 마치 시위라도 하듯 '에그에그' 하면서 아빠가 보란 듯이 베란다 창문을 활짝 열었다. 시원한 밤공기가 좁은 거실 안으로 들어왔다. BS는 머쓱한 듯 TV 끄고 그만 방에 들어가 자라고 아이들을 다그쳤다. 아이들은 TV 예능 프로그램을 더 보고 싶어서 저마다 투덜거렸다. 곧이어 또 이어지는 BS의 큼지막한 방귀 소리, '뿌~우우웅 뽕.' 그 소리는 조금 전보다 좀 더 크고 길게 이어졌다. 아이들은 그제야 혀를 끌끌 차며 도망치듯 방으로 들어갔다. 그렇게 아이들을 떠밀듯 방으로 밀어 넣고, BS는 안방에 있는 컴퓨터 앞에 앉았다. 금방 동점 홈런을 맞은 후 어떻게 경기가 진행되는지 궁금해서 그는 견딜 수가 없었다. 그는 인터넷에 접속하여 프로야구 실시간 경기 중계 화면을 클릭했다. 동점 홈런을 허용한 이후, 두산 베어스의 9회 말 마지막 반격이 시작되었다. 아내 눈치 때문에 그는 차마 거실 TV를 켤 수가 없었다. 안방에 있는 컴퓨터 앞으로 그가 피신했건만, 어느새 아내가 BS의 등 뒤에 와 있었다. 이어지는 아내의 한마디.

"남편, 이따위 야구가 뭐 그리 중요한데, 취직은 정말 안 할 거야?"

아내의 날카로운 비수에 큰 곰은 이내 새끼 곰으로 변했다. 전 회사에서 계약직 만료 후 연장 계약에 실패하여 삼 개월 전부터 또 실업자가 된 BS는 아내 앞에만 서면 언제나 가장으로서 존재감을 상실했다. 이번이 네 번째 실업자 신세였다. 반면, 1회부터 8회까지 일곱 개의 삼진을 잡고 단 두 점만을 준 채 마운드에서 당당히 내려오는 두산 베어스 용병 선발 투수 린드블럼의 존재감은 빛났다. 용병 선수 린드블럼은 붕괴한 팀 마운드의 확실한 기둥이었다. 팀 가장의 임무를 성실히 완수하고 당당히 마운드를 내려오는 투수 린드블럼을 BS는 언제나 부러워했다. 순간 BS는 자신이 용병 투수 린드블럼임을 상상했다. 벤치에 있는 동료들이 모두 일어나 박수를 치며 그와 하이파이브를 한다. 코치들은 수고했다며 자신의 등을 두드려 준다. 저녁에 퇴근 후 현관문 벨을 누르면 아내가 문을 열어주며 친절한 미소를 지어 반기고 세 자녀가 그를 환하게 맞아준다. 이제 그는 그런 기억이 언제였는지 가물가물하다. 아내 앞에서 그는 장기판 졸이 된 채, 내무부 장관인 아내의 일장연설을 묵묵히 받아들였다. 아무리 BS가 자신의 처지를 대변하려 해도 아내의 송곳 같은 공격에는 속수무책이었다.

"남편, 내년 오월 말이 우리 집 전세 계약 만기인 거 알지?"

아내는 기분 좋을 때 BS를 여보라 불렀지만, 심기가 불편할 때는 남의 편만 든다고 그를 '남편'이라고 불렀다.

"요즘 전셋값 오르는 상황이 어떤지도 알 거고, 내년에 서영이 중학교 입학하는 것도 알지?"

컴퓨터 모니터로 야구를 보고 있던 BS의 눈동자는 점점 아래

쪽을 향했다. 그는 화면을 보고 있지만, 야구 화면이 눈에 들어올 리 없었다.

"전셋값 뭐로 올려 줄 건데? 서영이 내년부턴 영어 학원은 꼭 보내야 한다."

"잘 되겠지 뭐. 입사 원서 많이 넣었으니 곧 어디라도 면접 제의 올 거야. 너무 걱정하지 마."

아내의 일장 연설에 잠시 숙연해진 BS는 컴퓨터를 끄고 침대로 가기 위해 몸을 일으켰다. 몸을 일으키려 엉덩이를 살짝 드는 순간 또 '뿌우우웅'하고 아내를 향해 그는 소심한 복수를 했다. BS는 도망치듯 침대로 가서 이불을 뒤집어썼다.

"아, 진짜. 이 인간이."

아내는 얼굴을 찡그리며 방 밖으로 나갔다.

다음 날 오후, 그날은 웬일인지 한 회사에서 BS에게 면접 제의 전화가 한 통 왔다. 전화를 걸어온 그 회사 직원이 말했다.

"삼 개월 수습 기간이 있습니다. 그래도 괜찮으시겠어요?"

변변찮은 회사였지만, 네 번째 실업자 신세인 그에겐 찬밥 더운밥 가릴 처지가 아니었다.

"제 나이에 수습이라고요?"

비싸게 보이려 다소 기분 언짢은 듯 BS는 답했다.

"예. 게다가 재산세 나오는 사람으로 연대 보증인 한 명도 필요하고요. 삼 개월 수습 기간 이후 정직원 채용 여부를 결정합니다."

BS는 잠시 망설이는 듯, 뜸을 들인 후 대답했다.

"아, 네. 좋습니다. 한번 지원해보죠."

BS는 내키지 않는 듯 걸려온 면접 제의에 응했지만, 마음속으로 쾌재를 부르고 있었다. 내년 봄 집주인이 전세금 올려달라고 하면 실업자 신세로는 은행에서 대출조차 받을 수 없었다. 어디라도 적을 올려 두어야 한다는 마음이 절박했다. 다음날 면접에 갈 옷을 갖춰 입고 있으려니 유치원에 다니는 막내딸 윤영이가 아빠에게 물었다.

"아빠, 어디 가?"

"응, 아빠 회사 가."

"아빠 원래 회사 안가잖아?"

윤영이는 인형 눈알을 만지작거리며 아빠에게 말했다.

"응, 이제부터 갈 거야. 그래야 우리 윤영이 맛난 것 많이 사주지."

"아빠 그럼 돈 많이 버는 거야? 그럼 올 때 맛있는 거 사 줘, 맛있는 단팥빵 먹고 싶어."

"그래 알았어. 우리 공주님."

면접을 보기 위해 BS는 집을 나온 후, 은행에 들러 먼저 통장 잔액을 확인했다. 겨우 삼십만 원가량 남아 있었다. 그나마도 자기 돈이 아닌 형제가 매월 일정 금액 각출한 곗돈이었다. 취직해서 돈 벌면 메워 주기로 하고 창고 안 곶감 빼먹듯 그가 몰래 생활비로 쓰고 있었다. 이 돈 다 쓰면 그간 세뱃돈이며 용돈이며 친척들이 아이들한테 준 코 묻은 돈까지 건드려야 했다. 그는 그 상황만은 발생하지 않았으면 했다. 비록 인턴 기간을 거쳐야 정직원이 될 수 있는 자리지만, 이미 중년이 된 나이를 생각해 볼 때, 이번 취직이 BS에겐 마지막 취직 기회일지 몰랐다. 어쩌다 운이 나빠 블론 세이브(BS) 마무리 투수가 될 순 있어도, 경기에 등판조차 못 하는 전력 외 선수가 더 서러운 일이란 걸 그는 잘 알고 있었다. 못 벌면 안 쓰면 그만이지만, 가만히 숨만 쉬고 있어도 건강 보험료나 아파트 관리비 등 기본적인 비용이 발생했다. 이런 압박을 익히 잘 알고 있는 그였다. 그는 이번 취직에 대한 각오가 남달랐다. 변변찮은 택배회사 직원에서부터 자동차 부품 영업사원을 거쳐 다시 자동차 부품 관련 물류 회사로 이직 후, 거기서 몇 년을 더 버텼다. 수개월 전엔 삼 개월 단기 영업사원 아르바이트 자리까지 마다하지 않은 그였다. BS는 세 자녀의 가장으로서 그간 나름대로 분투했지만, 처세술이나 업무 능력이 변변치 않아 직장생활의 중요한 고비마다 잘 넘기지 못했다. 적지 않은 나이도 BS에겐 큰 부담이었다. 모아둔 돈은 고사하고 변변치 않은 직장생활 스트레스로 살이 많이 찌고 급기야 고혈압약까지 먹고 있었다. 어느덧 그는 사십 대 중반을 넘어서고 있었다. 이대로 아무 준비 없이 늙어 간다면, 챙겨야 할 짐만 가득한 불행한 노년을 맞아야 함이 불 보듯 뻔했다. 면접장으로 향하는 버스 안에서 BS는 9회 말 위기에 몰린 팀을 구하기 위해 자신이 특급 마무리 투수가 되어 마운드에 오르는 상상을 했다. 돈 많이 벌어 떵떵거리고 사는 모습이나 듬직한 가장의 역할에 충실한 상상을 할 때가 그는 가장 행복했다. 투수는 더 물러날 숫자가 없는 등 번호 99번의 장백수였다. 9회 말 무사 만루의 위기에 장백수는 자원 등판했다. 어제 아주 많이 던져서 어깨가 빠질 것만 같았다. 코치와 감독은 무리라며 등판을 만류했지만, 마땅히 이 위기 상황을 막아낼 구위를 가진 이가 BS 말고 없다는 사실은 팀 내 선수들 모두가 알고 있었다. 팀원들 모두 BS가 나서주길 은근히 바라고 있었다. 이 상황을 막아내고 팀 승리를 지켜내면, 팀 순위가 한 계단 오르게 되어 있었다. BS는 주변의 표면적인 만류에도 불구하고 당당히 자원 등판했다. 치열한 전투 중 따뜻한 술 한잔을 권하는 장수에게 적장 목을 베고 그 잔을 받으리다는 삼국지 관우의 비장함이 BS의 오른팔에 묻어 있었다. BS의 등판에 상대 응원단도 야유를 보냈다. 하지만, 그는 첫 타자를 몸쪽 떨어지는 고속 슬라이더로 가볍게 삼진을 잡았다. 두 번째 타자는 공 세 개로 내야 뜬공으로, 그리고 마지막 타자는 평범한 유격수 앞 땅볼로 경기를 매조지했다. 무사 만루의 위기에서 그는 팀을 완벽하게 구원했다. 환호하는 팀 동료들과 만원 관중들의 기립 박수가 이어졌다. BS는 팀 가장의 역할을 충분히 해냈다. 서로 얼싸안고 좋아하는 동료들을 보면서 BS는 비로소 자기 역할을 다 했다는 짜릿한 희열을 느꼈다.

그런 즐거운 상상도 잠시, 버스는 곧 그가 내리고자 하는 정류장에 도착했다. 그는 두 손으로 얼굴을 한번 비비고 벌떡 일어나 버스에서 내렸다. 면접 장소로 향했다. 회사 면접은 일단 성공적이었다. 회사 측도 경험 많은 관리자를 원했고, 삼 개월 인턴 기간이란 검증 기간이 있어서 채용을 그리 부담스러워 하는 것 같지 않았다. 면접장을 나오면서 BS는 합격을 직감했다. 중년에 이르도록 여러 번의 실직과 재취업을 경험하면서 그가 터득한 합격 불합격에 대한 동물적인 직감은 매번 틀린 적이 없었다. 그는 우선 병원으로 향했다. 고혈압약을 좀 더 처방받아야겠다는 생각이 들었다. 출근하게 되면 아무래도 근무 중 처방전을 받으러 회사에서 빠져나오기 힘들 것을 그는 고려했다. 어차피 남아있는 고혈압약도 얼마 남지 않았던 터였다. 매번 가던 병원에 들렀다. 번호표를 뽑고 의사를 만났다. 봐왔던 의사가 아닌 처음 보는 여의사였다. 미끈한 콧등에 동그란 금테 안경을 걸친 여의사는 처방전을 써주며 BS에게 이렇게 말했다.

"새로 나온 신약인데요, 이전 약보다 효과가 좀 더 나을 겁니다. 공복이나 스트레스가 심한 상태에서는 드시지 마세요. 부작용이 있을 수 있으니까요."

처방전을 제출 후 약국에서 약을 받아들고 나오면서 BS는 집에 돌아오는 길에 막내 윤영이를 생각했다. 빵을 사야겠다는 생각이 들었다. 빵값이 비싼 프랜차이즈 빵집에 들어가려니 그는 망설여졌다. 세 명 아이를 모두 만족하게 하려면, 꽤 많은 양을 사야 했다. 그는 주변을 두리번거렸다. 마침 길 한쪽에 1톤 트럭을 세워두고 찐빵을 파는 노점상이 있었다. 김이 모락모락 나는 큼지막한 찐빵을 팔고 있었다. 한 개에 단돈 천 원, 빵 크기는 윤영이 얼굴만큼 컸다. 가격 대비 크기가 아주 만족스러웠다. BS는 서둘러 만 원을 주고 찐빵 열 개를 샀다. 이 정도 크기면 항상 간식에 굶주려 있는 아이들에게 오랜만에 아빠 노릇을 제대로 할 수 있을 것 같아 BS는 순간 흐뭇했다. 따끈한 찐빵을 들고 그는 집으로 들어왔다. 초인종을 누르고 현관문 안으로 들어서자마자 철부지 막내딸 윤영이가 BS의 손에 들린 검은 색 비닐봉지를 보더니 먹을 것으로 직감하고 광적으로 환호했다. 모처럼 잘 차려입은 아빠가 어디 다녀오는지 아이들은 전혀 관심이 없었다. 세 아이는 오직 아빠의 손에 들린 검은 비닐봉지 안의 내용물에만 관심이 있었다. 식구 중 식탐이 제일 많은 막내딸 윤영이가 모처럼 찾아온 자기 몫을 빼앗기지 않으려 자기 얼굴 크기의 찐빵 한 개를 덥석 집어 들어 한입 크게 베어 물었다. 그런데 빵 속에 아무것도 없었다. 약간 실망한 듯 또 한입 크게 베어 물었다. 그제야 팥소 끄트머리가 살짝 보이기 시작했다. 그걸 본 맏딸 서영이가 자신의 빵을 손으로 찢어 반으로 갈랐다. 찐빵 속을 본 맏딸 서영이는 탄식했다.

"헐, 이게 뭐야. 아빠 내꺼 팥이 너무 적어, 다른 거 먹을래."

이어지는 둘째 윤서도 막내 윤영이도 자기 빵을 반으로 가르더니 빵 속에 들어있는 팥을 보고는 이내 실망한 표정을 지었다. 빵 크기에 비교하면 팥의 양은 너무 적었다. 내용은 없고 보기 좋게 크기만 부풀린 길거리표 공갈 찐빵이었다. 보고 있던 아내가 한마디 거들었다.

"엄청나게 허접하네, 여보, 도대체 어디서 이런 걸 샀어?"

그래도 면접이라도 보고 와서 그런지 오늘은 아내가 BS를 남편이 아닌 '여보'라 불렀다.

"길거리 트럭에서 한 개 천 원 주고 샀는데, 어쩐지 크기와 비교해서 너무 가격이 싸더라 했더니"

오랜만에 아빠 노릇을 좀 해보려 했던 BS는 이내 머쓱해졌다.

"그럼 그렇지, 남편이 하는 게 그렇지 뭐."

아내는 순식간에 BS를 여보가 아닌 '남편'으로 고쳐 불렀다. 옷도 벗지 않고 BS는 앉은 자리에서 찐빵 한 개를 집어 우적우적 먹기 시작했다.

"그래도 맛만 좋네, 뭘."

BS는 순식간에 커다란 찐빵 한 개를 먹어 치우고 물을 한 컵 들이켰다. 육중한 그의 몸에 비해 찐빵 한 개는 양이 너무 적었다. 아이들 몫까지 차마 엿보지는 못하고 아쉬운 듯 일어설 때 그는 '꺼어어억'하는 긴 트림과 함께 '뿌우우웅'하고 방귀까지 뀌었다. 아이들은 기가 찬 듯 혀를 내둘렀고 막내 윤영이는 아빠 보라는 듯 비틀비틀 베란다로 기어가 베란다 창문을 활짝 열었다. 아내는 한심한 듯 BS를 쏘아보고 있었다.

다음 날 그 회사로부터 면접 합격 연락이 왔다. 내일부터 출근하라는 전화를 받은 그 날 오후, BS는 뭔가 큰일을 해낸 듯 한

껏 들떠 있었다. 식탁에 앉아 마늘 껍질을 까고 있는 아내 앞에 앉아서 BS는 미주알고주알 아내에게 말을 걸기 시작했다.

"회사가 별로인 것 같은데 그래도 한번 다녀보려고."

"웃기시네, 남편. 지금 찬밥 더운밥 가릴 때 아닌 것 알지?"

오늘도 아내는 BS를 남편이라고 불렀다.

"전세 계약 만기가 언젠데?"

"어제 말했잖아. 내가 말하면 뭐 듣고 있노?"

"서영이 영어 학원도 한번 알아봐야겠네."

"아, 진짜. 삼 개월 후 잘리지나 말고 일단 정직원 되고 알아봐도 된다. 그렇게 할 일 없으면 마늘이나 좀 까라, 남편."

아내는 마늘이 양껏 담긴 양재기를 BS에게 넘겨주면서 말 받아주기 귀찮은 듯 자리에서 일어섰다. '수고했어, 우리 남편 아직 살아있네' 따위의 말을 아내에게서 듣고 싶었던 BS의 작은 희망은 마늘 양재기와 함께 순식간에 날아가 버렸다. 엄마 아빠의 대화를 옆에서 듣고 있던 눈치 빠른 막내 윤영이가 마늘을 까고 있는 아빠 곁으로 와서 말을 걸었다.

"아빠, 내일부터 회사 가?"

"응, 아빠 돈 벌러 회사 가. 그래야 우리 윤영이 맛있는 것 많이 사주지."

"그럼 돈 많이 벌어서 어제 산 그 빵보다 더 맛있는 빵 사줘."

어제 길거리 트럭에서 산 속 빈 찐빵이 윤영이도 어지간히 맛이 없었던 모양이었다.

"그래 알았어. 아빠가 돈 많이 벌어서 파리바게뜨 롤케이크 사줄게."

"야. 신난다."

아빠를 보는 막내 윤영이의 단춧구멍같이 작은 눈이 반짝반짝 빛났다.

다음날 BS는 새 회사로 첫 출근을 했다. 현관문 밖을 나서기 전, 등 뒤에서 아내가 걱정스러운 듯 한마디 했다.

"혹시 첫날이라고 회식하면 술 많이 마시지 마라. 자기 고혈압약 먹는 거 알지. 약 챙겼나?"

아내의 경상도 사투리는 걱정해 주는 말도 BS에게는 퉁명스럽게 들렸다.

"응, 여기 있어. 술 많이 안 마실게."

첫 출근한 회사 사무실 안은 직원들로 분주했다. 직원 모두 처음 입사한 BS를 위아래로 힐끔힐끔 쳐다봤다. 진청색 꽉 끼는 청바지에 뒤룩뒤룩 튀어나온 그의 허벅지 살이 청바지 밖으로 터져 나올 것 같았다. 머리가 작게 보이려 귀 위까지 짧게 잘라 올린 그의 머리칼도 햇볕에 그을린 검붉은 그의 얼굴색과 안 어울려 오히려 어색했다. 안경테도 얼굴보다 너무 작았다. 삼지창만 들고 있으면 완전한 저팔계의 모습이었다. 인사팀장의 안내로 BS는 직원들 앞에 섰다. 자기소개 하는 자리였다.

"안녕하십니까, 장백수라고 합니다."

그의 이름을 듣고 여기저기서 피식 웃음을 참는 소리가 들렸다. 그의 이름과 저팔계 같아 보이는 둔한 외모가 잘 맞물려 직원들이 웃음을 자아내게 했다. 그날은 정신없이 하루가 지나갔다. 그날 저녁, BS 입사 축하를 위한 팀 회식이 있었다. 팀원들은 회사 근처 아담한 삼겹살집에 모두 모였다. 불판 위에서 노릇노릇 익어가는 삼겹살을 뒤집을 틈도 없이 여기저기서 팀원들은 BS에게 잔을 권했다. 대부분 팀원보다 BS가 나이가 더 많았지만, 그만의 부담 없는(?) 외모 탓에 팀원들은 BS를 그리 어려워하지 않았다. BS는 이날 아내의 충고도 잊은 채, 술잔을 넙죽넙죽 받아 목구멍으로 넘겼다. 취기가 오른 BS는 폭풍처럼 삼겹살을 흡입했다. 오랜만에 느껴보는 소속감과 안도감, 그리고 맛있는 술맛이었다. 직원 한 명 한 명이 건네주는 술잔을 받아 마시다 보니 BS는 금세 만취하였다. 출근할 때 현관 앞에서 들었던 아내의 걱정과 충고는 이미 한 쪽 귀로 흘린 지 오래였다. 하루 한 번 고혈압약을 먹어야 한다는 것도 까맣게 잊고 은나라 주왕이라도 된 듯, 그는 주지육림에 빠져 점점 정신을 잃어가고 있었다. 얼마나 시간이 흘렀을까.

"아저씨, 아저씨, 일어나세요. 집에 다 왔어요. 택시비 주고 빨리 내리세요."

택시 안이었다. BS는 정신을 잃고 택시 뒷좌석에 아무렇게나 널브러져 있었다. 회식 마치고 직원 누군가가 택시를 태워 준 모양이었다. 택시 기사는 BS의 재킷 안주머니에서 핸드폰을 찾아 통화 내역을 뒤져 아내로 판단되는 번호로 통화를 시도했다.

"택시기산데요, 남편이 집 앞에 있으니 택시비 들고 빨랑 나오세요."

깜짝 놀란 아내는 그 즉시 맏딸 서영이와 함께 집 앞으로 나갔다. 아내는 정신을 잃고 택시 뒷좌석에 쓰러져 있는 남편을 발견했다. 상의는 벗겨져 택시 바닥에 뒹굴고 있었다. 그의 얼굴은 그가 흘린 침으로 범벅이 된 상태였다.

"어휴, 내가 미쳐. 이 인간이, 지갑 어딧노? 정신 차리라."

아내는 택시 뒷좌석에 누워있는 남편의 뺨을 연신 후려갈겼다. BS는 가늘게 실눈을 뜨는가 싶더니 이내 다시 눈을 감았다. 아파트 경비 아저씨를 불러 세 명이 억지로 BS를 끌고 집으로 겨우 들어가 마루에 눕혔다. 어처구니없는 아내는 걱정보다 분노의 감정이 치밀었다. 아내는 정신을 잃고 쓰러져 있는 BS의 옷을 벗기고 침을 흘려 엉망이 된 그의 얼굴을 물수건으로 닦아내었다.

"인간아 인간아, 내가 그렇게 술 많이 먹지 말랬지. 입사 첫날부터 잘 한다 잘 해."

BS는 다시 실눈을 살짝 뜨고는 아무 말도 못 하고 이내 다시 감았다. 맏딸 서영이는 아빠가 한심스러운 듯 혀를 끌끌 차며 자기 방으로 획 들어가 버렸다. 아내는 길게 한숨을 내쉬었다.

다음날 BS는 회사에 한 시간가량 지각했다. 입사 둘째 날이었다. BS의 상사는 인상을 찌푸렸다. 전날 어떻게 만취되었고 어떻게 택시를 타고 집에 왔는지 BS는 전혀 기억할 수 없었다.

회사 직원 대부분 BS보다 나이가 한참 어려서 어젯밤 BS가 어떤 실수를 했는지 누구도 그에게 친절히 이야기해주지 않았다. 게다가 BS는 오늘 지각까지 했다. 그는 이 상황이 답답했지만, 천성적으로 낙천적이었다. '이제 인턴 이틀째인데 앞으로 만회할 날 많으니 괜찮아' 하고 스스로 툭 털어냈다. 셋째 날 그는 물류 센터에 보낼 배송 전표를 잘못 출력해서 보내는 실수를 범했다. 그로 인해 수십 개 거래처 간 제품 배송이 뒤죽박죽되었다. BS의 단순 실수였지만, 그의 팀장이 거래처로부터 곤욕을 치러야 했다. 넷째 날도 회사 중역들과 같이 식사하는 자리에서 그의 실수가 이어졌다. 식사를 마치고 숟가락을 놓는 순간, BS는 자신도 모르게 '꺼어어억~'하며 집에서처럼 아주 격 떨어지는 긴 트림을 했다. BS의 바로 맞은편에는 마침 박 이사가 앉아 있었다. 아직 식사를 마치지 않은 박 이사는 언짢은 표정을 짓더니 바로 수저를 놓아 버렸다. 옆에 있던 BS의 팀장은 어쩔 줄 몰랐다. 다섯째 날도 그의 실수가 이어졌다. 회사 업무용 차량으로 거래처에 인사하러 가는 길에 BS는 운전 부주의로 앞차와 접촉 사고를 냈다. 보험 처리를 하긴 했지만, 피해자 차 뒷좌석에 타고 있던 할머니가 목이 아프다며 병원에 입원하는 바람에 BS의 팀장과 부장은 난데없이 병원에 병문안을 하러 가야 했다. 다음 날도, 또 그다음 날도 BS는 사소한 실수를 연발했다. 대부분의 실수가 BS의 상사들을 곤혹스럽게 하는 치명적인 실수들이었다.

어느덧 인턴 기간 삼 개월이 임박하고 있었다. 마지막에 만루 홈런이라도 치지 못한다면, 정직원 전환은 당연히 물 건너갈 상황이었다. 그렇게 뒤죽박죽 실수 연속인 삼 개월을 거의 다 보낼 즈음, BS의 팀장은 그에게 마지막 회생 기회를 주었다.

"장백수 씨, 다음 주 월간 미팅 때 거래처 어떻게 운영할 것인지 운영 전략 짜서 보고하세요."

"네, 운영 전략요?"

"그날 미팅은 사장님도 참석하실 겁니다. 발표 잘하면 정규직으로 발탁될 수도 있으니 잘 해봐요."

BS에게는 처음이자 마지막이 될지 모르는 등판 명령이었다. 그것도 사장님을 포함한 회사의 전 사원이 모이는 월간 미팅 자리에서였다. 인턴 기간 내내 블론 세이브를 남발했던 BS에게 이번 등판은 어쩌면 그에게 주어진 마지막 기회였다. 대표이사가 지켜보는 마지막 경기에서 뒷문을 잘 막아 팀 승리를 지켜내는 것이 BS에겐 그와 가정을 지키는(Save) 일이었다. 그날부터 그는 진지하게 발표 자료 준비에 돌입했다. 백지에 그림을 그려보고 맡은 거래처들을 어떻게 끌고 가야 하는지에 대해 그는 고민하기 시작했다. 하지만, 전임자도 답이 없어 회사를 그만둔 마당에, BS라고 뚜렷한 운영 전략이 있을 리 없었다. 매일 늦게까지 남아서 파워포인트 프로그램을 열고 한 장 한 장 계획을 그려 넣기 시작했다. 컴퓨터 사용이 익숙지 않아서 그에게는 시간이 오래 걸리는 작업이었다. 여기저기서 그림을 복사하고 엑셀

시트에 표를 그려 붙이고 하여 대충 몇십 장 보고 자료를 만드는 데까지 며칠이 꼬박 걸렸다. 중간 저장을 하고 BS는 자신이 애써 만든 보고 자료를 팀장에게 보여줬다. 팀장은 몇 장 넘겨보더니 더 보지도 않고 이내 눈살을 찌푸렸다.

"너무 뜬구름 잡는 것 같네요. 좀 더 구체적인 실행 계획을 만드세요."

일단 초구에 첫 안타를 허용한 셈이었다. 자료를 수정하여 다음 날 다시 팀장에게 중간보고를 했다. 역시 몇 장 넘겨보더니 팀장은 또 여지없이 방망이를 휘둘렀다.

"숫자가 너무 터무니없네요. 거래처와 협의가 이뤄진 매출 숫자인가요? 거래처와 협의하고 실행 계획을 다시 만드세요."

팀장이 휘두른 방망이에 또 안타를 맞은 셈이었다. 이제 노아웃에 주자 1, 2루. 팀이 이기고 있는 경기 마지막 9회 말, 단 한 회를 틀어막고자 등판한 BS는 위기를 자초했다.

다음 날 BS는 담당 거래처를 돌아다니며 다음 분기 판매 목표에 대해 거래처와 이야기했다. 하지만, 거래처들은 하나둘씩 대화를 거부하기도 하고 BS가 제시하는 턱 없이 높은 판매 목표에 혀를 내둘렀다. 극심한 불경기를 맞아 거래처 모두 매출 목표에 대해 소극적이고 방어적인 자세를 취하였다. 아직 상황 파악을 못 한 BS는 거래처들 앞에서 '돌격 앞으로~'를 외치고 있었지만, 정작 군사들은 무기가 없어 이래저래 눈치만 보는 형국이었다. 거래처들은 하나같이 BS와 대화를 하더니 BS가 이 업계를 몰라도 너무 모른다고 대화 자체를 거부했다. 거래처들의 반응은 대충 이랬다.

A: "본사에서 상권 보호도 안 해주고 리베이트도 적게 주면서 저런 매출 어떻게 하라고요."

B: "전에 어떤 업계에 계셨죠?"

C: "너무 이상적인 이야기 아닌가요?"

D: "돌격하게 총알 좀 주세요. 아무것도 없이 맨몸으로 적진에 뛰어들라고요?"

E: "너무 본사 입장만 생각하시는 건 아닌가요?"

F: "같이 먹고 삽시다, 쫌."

G: "시장 가격도 확인 안 하시나요?"

H: "을(乙)이라고 우리 너무 무시하는 거 아닌가요?"

사실 BS도 그간 직장생활을 하면서 내내 을(乙)의 처지였다. 인턴 기간이지만, 이 회사에 들어와 다소 갑(甲)처럼 행동하는 것이 그도 몸에 안 맞는 옷을 입은 듯 영 어색했다. BS는 며칠간 거래처와 있었던 내용을 기록하고 정리해서 팀장에게 보고했다. 이번에도 팀장은 BS가 던진 한가운데 느린 직구에 여지없이 방망이를 힘껏 휘둘렀다.

"장백수 씨, 장백수 씨는 메신저가 아닙니다. 그네들 해달라는 것 다 해주면 우린 뭐 먹고 삽니까?"

"네? 저 그게……."

이번에도 팀장은 단호하게 BS에게 다그쳤다.

"장백수 씨 존재 이유가 뭐죠? 협의하고 조율해서 합의점을 찾아야죠. 그 나이가 되도록 협상의 기본을 모르시네."

팀장의 빈정대는 말투에 BS는 또다시 안타를 맞은 셈이었다. 이제 무사 만루다. 더 물러날 곳은 없었다. 팀 승리를 지키기 위해 9회 말 소방수로 등판했지만, 자칫 방화범이 될 처지였다. 거래처는 거래처대로, 회사는 회사대로, 모두 자기 실속만 차렸다. 그 중간에서 BS는 갈 곳을 잃고 표류하고 있었다. BS에게 마운드는 더없이 외로운 공간이었다. 1군 무대에 마무리 투수로 첫 등판한 신출내기가 등판하자마자 무사 만루의 위기를 맞은 꼴이었다. 나머지 여덟 명의 팀 수비수들도 BS를 외면했다. 그는 철저히 혼자였다. 그날 밤도 BS는 혼자 남아 월간 미팅 때 보고할 자료를 만드느라 고민하고 있었다. 고민해도 역시 답은 없었다. 그저 인터넷만 쳐다보며 눈과 머리가 따로 놀면서 시간만 허비하고 있었다. 갑자기 그는 머리가 핑 돌았다. 그는 스트레스를 받으면 고혈압 증세가 더 심해지곤 했다. 주머니에서 매일 먹는 고혈압약을 찾았다. 하지만, 오늘은 웃옷을 바꿔 입고 출근하는 바람에 매일 먹어야 하는 고혈압약이 안주머니에 없었다. 고혈압 증세로 어지럽고 눈알이 빠질 듯 아팠다. 약을 먹기 위해서라도 그는 일단 집에 가야겠다고 생각했다. 퇴근하고자 컴퓨터를 끄려는 순간 컴퓨터가 꺼지지 않았다. 갑자기 모니터가 파랗게 변했다. 괴물처럼 파랗게 변한 컴퓨터 모니터는 이내 먹통이 되었다. 파랗게 변한 컴퓨터 모니터 화면에는 온통 뭔지 모를 영문자가 새겨져 있었다. 마치 '무사 만루에서 적시타 맞고 빨리 마운드에서 내려와' 라고 BS에게 빈정대는 것 같았다. 고혈압약을 먹지 못해 머리가 띵하고 눈알이 빠질 듯 아프던 BS는 컴퓨터 화면이 더는 눈에 들어오지 않았다. 빨리 집에 가서 약 먹고 쉬고 싶을 뿐이었다. 파랗게 변한 컴퓨터는 꺼지지도 않았다. 컴퓨터도 뭔가 BS에게 할 말이 있는 것 같았다. 그는 강제로 전원 스위치를 뽑아버렸다. '내일 일은 내일 또 어떻게 되겠지' 하며 파김치가 되어 집으로 돌아온 BS는 고혈압약만을 챙겨 먹고 이내 잠에 빠졌다. 막내 윤영이가 잠든 아빠 주변에서 롤케이크는 왜 안 사 왔느냐고 연신 투덜대고 있었다.

다음 날 출근해보니 컴퓨터가 부팅되지 않았다. 검은색 화면에 커서만 깜박거릴 뿐, 윈도우 화면으로 넘어가질 않았다. 내일이 월간 미팅 보고일이다. 등판이 만 하루 밖에 안 남았는데 BS는 무방비 상태였다. 아직 자료도 다 만들지 못했고, 게다가 컴퓨터도 먹통이었다. 그간 작성해 놓은 파일이 지워졌을 수도 있었다. 더구나 거래처와는 어떤 합의점도 아직 찾지 못한 상태였다. 전산팀에 알아봤더니 전산팀 직원은 BS의 컴퓨터가 지독한 바이러스에 걸려 윈도우를 새로 설치해야 한다고 말했다. 그가 어제 웹 서핑을 하면서 어떤 프로그램을 내려받았던 것이 화근이었다. 우려가 현실이 되어 컴퓨터 속 하드디스크 데이터도 다

날려야 했다. BS는 첫 등판을 하자마자 노아웃 무사 만루에 스리 볼까지 몰려버렸다. 그렇다고 내일 보고를 연기할 수도 없었다. 퇴근 시간이 다 돼서야 전산팀에 의해 컴퓨터가 복구되었다. BS는 그제야 기억을 되살려 다시 보고 자료를 만들기 시작했다. 눈알이 튀어나올 듯 아프고 머리가 띵했다. 평소 낙천적인 BS도 이 상황이 서러운 듯 혼잣말로 중얼거렸다. '제장, 며칠 전 사 먹은 공갈 찐빵의 팥 같네.' 덩치는 커다란데 핵심 내용물은 부실한 본인의 처지가 그는 한스러웠다. 없는 집안에서 태어났지만, 건장한 몸뚱아리 하나 밑천삼아 아내와 결혼할 때까지만 해도 그의 인생은 순조로웠다. 모든 게 잘될 것이라는 낙천적인 성격에 별 계획 없이 세 자녀를 낳고 세파에 당당하게 맞서 싸웠지만, 결국은 계란으로 바위 치기였다. 마흔을 넘기고선 상처만 남아 있는 자신을 발견했다. 겨우 사십을 넘겼지만, 반갑지 않은 손님 고혈압을 평생 지고 가게 됐고, 책임져야 할 식구들만 그에게 남아 있었다. 벌어 놓은 돈은커녕, 당장 내년에 전셋값 올려줘야 할 상황도 그에게 난제였다. 앞으로 살아온 날만큼 더 살아야 한다고 생각하니 BS는 머리가 더 띵했다. 정신 차리고 다시 잘 해보자고 다짐하고 기억을 더듬어 그는 다시 보고 자료를 만들었다. 이내 다시 잡생각이 그의 앞을 가로막았다. 만기가 다 되어가는 전세 계약서와 서영이 영어 학원이 눈앞에 왔다 갔다 했다. 그간 생활비를 충당하기 위해 몰래 써서 거의 바닥을 드러낸 곗돈 통장도 눈에 밟혔다. 이대로 물러설 순 없었다.

그는 다시 컴퓨터 앞에 앉았다. 모두 퇴근하고 사무실엔 아무도 없었다. 기억을 더듬어 열심히 자료를 만들었지만, 곧 막차 시간이 도래했다. 내일 오전이 보고인데 보고 자료의 내용은 턱없이 부실했다. 자료가 부실하다면 뛰어난 언변으로 때울 수밖에 없었다. 이미 볼넷 밀어내기로 한 점을 허용한 상태나 마찬가지였다. 적시타를 맞고 강판당하든 병살타로 잘 막아내든 어차피 내일 오전이면 결정될 일이었다. 막차 시간이 임박하여 BS는 마시던 생수병 하나를 달랑 들고 사무실에서 나왔다. 이미 그의 몸과 마음은 만신창이가 되어 있었다. 첫 등판은 시작도 하기 전부터 그에게 너무 혹독했다. 그는 집으로 가는 막차에 몸을 실었다. 버스 뒷자리에 그는 털썩 주저앉았다. 내일 보고가 걱정되어 그는 스트레스가 이만저만이 아니었다. 배도 고팠다. 안주머니에서 고혈압약을 꺼냈다. 약봉지 색깔이 이전 것과 다른 것을 보니 언젠가 새로 만난 여의사에게 받은 약이었다. 약을 한입에 털어 넣고 생수병에 남아 있는 물을 모두 그의 입안에 쏟아부었다. 약을 먹었다는 안도감 덕분인지 지끈거리는 머리가 조금 나아지는 것 같았다. 약 기운 때문인지 그는 이내 유리창에 머리를 기댄 채 깊은 잠에 빠져들었다.

그는 꿈을 꾸었다. 현실 상황의 연속인 꿈이었다. 꿈인지 현실인지 분간이 힘들었다. 여의사가 준 그 고혈압약을 입안에 털어 넣은 순간, BS는 두산 베어스의 에이스 투수 린드블럼으로 펑 하고 변신하였다. 갑자기 BS의 키가 2m에 근접할 정도로 커졌다. 근육도 단단해졌다. 코와 턱은 린드블럼처럼 금세 덥수룩한 수염으로 차올랐다. 그 약은 고혈압약이 아닌 듯했다. 무사만루, 비록 한 점을 밀어내기로 허용했지만, 아직 절망할 상황은 아니었다. 무사 만루이긴 하지만 아직 우리 팀이 두 점 앞서고 있다. 이 순간을 잘 막아낸다면 팀 승리에 기여할 수 있고 BS 자신도 정규직 전환이라는 인생의 전환기를 맞을 수 있다. 마운드에 선 그는 포수를 향해 초구를 힘차게 던졌다. 한가운데 묵직하고 빠른 스트라이크였다. 갑자기 강력하게 변한 구위에 타자는 당황한 기색이 역력했다. 두 번째 공도 안쪽 구석을 찌르는 직구 스트라이크였다. 갑자기 현저하게 변한 구위를 뿌려대는 투수를 보더니 타자는 일순간에 얼굴색이 변했다. 린드블럼이 된 BS는 공 세 개로 무사 만루의 위기에서 첫 아웃 카운트를 헛스윙 삼진으로 멋지게 잡아냈다. 그는 더는 타자에게 맞지 않을 것 같았다. 두 번째 타자는 야구 선수가 아닌 김 부장이었다. 껌을 질겅질겅 씹으며 타석에서 BS에게 뭐라고 욕을 하는 것 같았다. BS는 개의치 않았다. 린드블럼이 된 BS는 초구와 2구를 강력한 스트라이크로 잡았지만, 김 부장도 만만치 않았다. 역시 부장급 연륜과 경험이란 쉽게 대할 것이 아니었다. 쓰리 투 풀 카운트까지 가는 접전 끝에 린드블럼은 김 부장을 외야 깊숙한 희생 플라이로 잡아냈다. 희생 플라이로 또 한 점을 내주긴 했지만, 아웃 카운트를 잡았으니 그래도 괜찮았다. 아직 한 점을 앞서고 있으니 이대로 마무리 한다면 그래도 성공이다. 다음 타자는 박 이사. 언젠가 처음 대면하는 밥집에서 같이 식사한 적이 있었다. 그 앞에서 BS는 격 떨어지는 긴 트림으로 박 이사 밥숟가락을 한순간에 놓게 했다. 그때를 기억하고 있는지 박 이사는 타석에서 린드블럼이 된 BS를 잔뜩 노려보았다. 힘든 승부였다. 박 이사는 집요하게 물고 늘어졌다. 정면 대결했다간 왠지 한 방 맞을 것 같았다. 유인구를 아무리 던져도 박 이사는 속지 않았다. 결국, 볼넷으로 걸러내고 다시 만루를 맞았다. 다음 타자는 아뿔싸, 회사 대표이사였다. 내일 아침 BS의 보고를 받고 자신의 정직원 채용 여부를 결정할 장본인이었다. 김 부장이나 박 이사와는 급이 다른 사람이었다. 여기서 한 방을 더 맞으면 어쩔 수 없이 패배를 인정하고 BS는 마운드에서 내려와야 했다. 평소 낙천적인 BS도 이 순간만큼은 긴장했다. 세 아이와 아내의 얼굴이 떠올랐다. 주위를 둘러봤다. 여덟 명의 팀 야수들은 지루한 듯 모두 딴짓을 하고 있었다. 그는 마운드 위에서 외로움을 느꼈다. BS는 크게 한숨을 쉬었다. 스스로 해결해야 할 상황이었다. BS는 조심스레 1구를 던졌다. 안쪽을 잘 찌른 좋은 공이었다. 하지만, 대표이사의 방망이는 힘껏 돌았고 배트에 맞은 공은 큰 포물선을 그리며 새까맣게 날아갔다. 다행히 좌측 폴대를 살짝 벗어난 파울 홈런이었다. 경기장은 한숨과 탄식으로 술렁거렸다. 하마터면 만루 홈런이 될 뻔한 아찔한 상황이었다. 초구부터 두산 베어스 절정의 에이스인 린드블럼도 바짝 긴장한 상태였다. 겁에 질려 2구는 바깥쪽 멀리 달아나는 볼을 던졌다. 3구는 바깥쪽 꽉 차는 슬라이더 스트라이크였다. 다행히 3구째 스트라이크에 대표이사는 방망이를 내지 않았다. 볼카운트 투 스트라이크 원 볼이다. 일단 투수가 유리하다. 이젠 유인구를 던져 헛스윙을 유도할 차례다. 아무래도 절정의 고수 대표이사와 정면 승부는 무리수 같아 보였다. BS는 가운데에서 떨어지는 유인구를 던졌으나 대표이사는 속지 않았다. 역시 고수였다. 그리곤 파울 몇 차례. 그러는 사이 대표이사는 볼을 하나 더 골라내고 투 스트라이크 스리 볼이 되었다. 2사 만루에 풀카운트, 이미 두 점을 내주긴 했으나, 여기서 막아낼지 아니면 대표이사에게 결정적인 한 방을 맞고 블론 세이브를 인정 한 채 마운드에서 내려올지 BS 인생을 건 절체절명의 상황이 곧 지금이었다. 이 긴장의 순간, BS의 머릿속엔 그간의 인생 역정이 파노라마처럼 주르륵 흘러내렸다. 그의 삶은 매번 그런대로 가다가 마지막엔 여지없이 블론 세이브(Blown Save, BS)만을 반복했었다. 그의 남은 삶엔 이제 구원 투수가 남아 있지 않았다. 이기든 지든 오직 마운드엔 BS 혼자였다. 린드블럼이 된 BS는 포수와 신중히 사인을 교환했다. 두 번 고개를 젓고 세 번째 사인에 이르러서야 그는 고개를 끄덕였다. 투수판에 발을 얹고 BS는 조심스레 셋 포지션을 취했다. 그는 깊게 심호흡을 했다. 경기장은 여전히 긴장이 감돌았다. BS는 서서히 다리를 들고 팔을 들어 올렸다. 포수 미트를 향해 '을(乙)아차' 하는 외마디 기합과 함께 혼신의 힘을 다해 BS는 마지막 공을 던졌다. 투수의 손을 떠난 공은 포수

미트 정중앙을 향해 날아가고 있었다. 순간 BS의 마지막 숨통을 끊으려는 듯, 타자의 눈은 매의 눈처럼 번뜩였다. 그리고 타석에 선 대표이사는 힘차게 방망이를 휘둘렀다. '딱' 하는 경쾌한 파열음과 함께 대표이사가 친 공은 밤하늘 외야를 가르며 쭉쭉 뻗어 나갔다.

물(水)의
기운

올해로 신춘문예 세 번째 도전이다. 신춘문예는 내겐 동네에 헤프기로 소문난 화냥년과 같다. 그 년은 이번엔 한번 줄 듯 말 듯 내게 야릇하게 치맛자락을 펄럭인다. 암튼 지금처럼 자지가 빳빳하고 욕정이 넘칠 때 사달을 내야 한다. 갖기 힘들어도 끈질기게 시도하여 쟁취한 여심(女心)이야말로 더 가치 있는 법이다. 올겨울에도 패배자가 된 채, 화장실에 숨어서 잡지 못한 그 화냥년을 생각하며 딸딸이나 칠 수는 없는 일이다. 그런데도 역시 소설은 잘 써지지 않는다. 몇 번을 쓰다 지우는 일만 나는 반복한다. 신춘문예 마감일이 점점 다가오고 있다. 아직 뭘 써야 할 지 뼈대조차 잡지 못하고 있는 내가 한심하다. 나는 금세라

도 내게 마음 한구석을 내어줄 것 같은 그 년에게 화풀이를 해 본다. '씨발년.'

나는 오늘도 형이 운영하는 조그만 컴퓨터 수리점에서 아르바이트하고 있다. 하지만 머릿속은 온통 써야 할 소설 생각뿐이다. 신춘문예 마감일이 어느덧 코앞이다. 모니터 화면 속 커서는 혼자 깜박이고 있다. 가뜩이나 심란한데 이날 오후에 형은 출장 수리를 하러 가면서 내게 한 손님의 컴퓨터 수리를 맡겼다. 컴퓨터를 조립하고 운영 프로그램을 설치하거나 복구하는 일이 이 가게에서 내가 맡은 업무다. 나는 무심히 형이 내게 맡긴 그 컴퓨터 하드디스크를 열었다. 검사 결과 바이러스로 의심되는 파일은 없었다. 그런데 유독 하드디스크 용량을 많이 차지하고 있는 한 폴더를 나는 발견했다. 그 폴더 이름은 '심심풀이'였다. 나는 그 폴더를 조심스레 열었다. 거기엔 수많은 동영상 파일이 있었다. '서양 3:1', '주차장에서', '일본 화장실' 등등. 파일 이름을 하나하나 보니 일명 '포르노 야동' 임을 난 직감했다. 마침 가게에 손님은 없었다. 켜 놓은 컴퓨터 인터넷 화면에서 흘러나오는 헤비메탈 그룹 '스키드 로우(Skid Row)'의 히트곡들이 내 귀를 자극했다. 나는 그 음악을 즉시 꺼버렸다. 주변 소음은 포르노 감상에 방해가 되었다. 경건한 마음으로 나는 일단 심호흡을 했다. '서양 3:1'이란 제목의 파일을 골라 클릭했다. 클릭하자마자 검은 바탕에 붉은 글씨로 'FBI Warning' 이란 문구가 나왔다. 영어로 뭔가 내게 강하게 경고하는 메시지다. 그러거나 말거나. 이내 화면이 바뀌더니 밑도 끝도 없이 바로 포르노 영상이 나타났다. 금발 여자 두 명과 흑인 여자 한 명, 그리고 백인 남자 한 명이었다. 일명 3:1포르노, 우와. 나도 모르게 탄성을 질렀다. 화면 속 백인 남자가 그렇게 부러울 수 없었다. 화면 속 여자들은 그 백인 남자의 '바나나'를 서로 차지하겠다고 자기네들끼리 으르렁거렸다. 그것을 서로 물고 빨고, 아주 난리가 났다. 침대에 등을 대고 누워 있는 남자의 얼굴은 흑인 여자의 커다란 엉덩이에 가려 전혀 보이지 않았다. 아, 부럽다. 난 점점 동공이 커졌다. 나는 주위를 한번 둘러보고 죄라도 지은 듯 스피커 볼륨을 약간 줄였다. 사양 좋은 컴퓨터 사운드 카드에서 뱉어내는 여자들의 신음은 좁은 가게 안을 어지럽게 했다. 나는 그 순간 머릿속에 섬광이 스쳤다. '그래 이거야.' 내가 써야 할 소설의 뼈대가 순식간에 그려졌다. 장르는 로맨스 포르노. 주인공 사내는 상큼하고 발랄한 여자를 우연히 만난다. 둘은 순식간에 사랑에 빠진다. 눈 깜짝할 사이, 둘은 모텔방에 같이 있다. 하지만 사정을 너무 일찍 해버린 사내에게 실망한 여자는 그 남자와 절교를 선언한다. 조바심이 난 사내는 조루증 치료 수술을 하든지 사정 조절 단련을 하든지 해서 한 달 후 여자로부터 재평가를 받기로 약속받는다. 여자가 제시한 평가는 투 스트라이크 아웃 제도다. 사내는 이미 한 번의 스트라이크를 흘려보냈다. 그에게 남은 단 한 번의 기회를 살리기 위해 사내는 그날 이후 치열한 성기 단련에 들어간다. 여기에 인간의 욕망과 이룰 수 없는 현실을 최근 사회상에 빗대어 묘사한다. 소설의 결론은 간단하다. 안 되는 놈은 어차피 안 된다. 여기에 우리 사회 깊숙이 자리 잡은 계급 갈등 상황을 살짝 심어 놓는다. 문란하고 가벼워 보일 수 있는 소재에 무게감을 주는 기법이 이 소설의 핵심이라고 생각하며 나는 '심봤다'를 외쳤다. 이런 뼈대를 갖고 소설을 쓴다면 이번 신춘문예 당선은 내 것이라는 확신이 들었다. '씨발년, 기다려라.'

이때 문을 열고 누군가가 가게 안으로 들어왔다. 난 빛의 속도로 스피커 볼륨을 끊었다. 모니터는 안쪽으로 향해 있어 문을 열고 들어오는 사람에겐 다행히 모니터 화면이 보이지 않았다. 나는 곧바로 모니터 전원도 꺼버렸다. '아, 이제 시작인데.' 아쉬움에 나는 침을 꼴깍 삼켰다. 이미 어엿한 성인이지만, 포르노를 떳떳하게 보지 못하는 우리나라 유교적 사고방식을 나는 많이 개탄했다. 문을 열고 들어온 사람은 오십 대 중후반의 나이 지긋한 중년 남자였다. 그는 한 손에 노트북을 들고 있었다. 자신의 노트북이 고장 났다고 말했다. 나는 그 중년 손님의 노트북을 점검했다. 살펴보니 내가 해결하지 못할 큰 문제는 아니었다. 간단히 끝낼 수 있는 작업이었으므로 접수장을 적고 손님께 잠시 기다리라고 말했다. 나는 그 손님에게 따뜻한 커피를 한 잔 드렸다. 그 중년 남자는 고마워했다. 인상이 부드러운 손님이었다. 종이컵에 든 커피를 입으로 가져가는 손가락 매무새와 입가의 표정을 나는 봤다. 곱게 늙은 중년 남자의 모습이었다.

마치 배우 안성기가 커피 CF를 찍는 것 같은 온화한 모습이었다. 나는 그분의 노트북에 감염된 바이러스를 치료 프로그램을 써서 간단히 치료했다. 하드 디스크를 뻑뻑하게 만드는 불필요한 파일도 정리했다. 오랜 시간이 걸리지 않았다. 손님께 다 해결되었다고 말했다. 손님은 고맙다며 정해진 수리비를 지급했다. 그리고 그분이 내가 인상이 좋고 또 자신이 대접받은 커피가 맛있었다며 대신 올해 나의 운세를 봐주겠다고 내게 말했다. 길을 걷다 흔히 만나는 '도를 아십니까?'라고 접근하는 사람은 아니라 일단 안심은 되었다. 하지만 나는 좀 전에 보던 그룹 섹스 포르노를 마저 보고 싶었다. 매정하게 그만 가시라고 할 수 없어 나는 마지못해 손님의 호의를 받아들였다. 중년 남자는 내 생년월일을 받아 자신의 노트북에 깔려있던 한 프로그램에 넣더니 금세 내 사주를 뽑아냈다. 잠시 그는 중얼중얼하며 뭔가를 생각하기 시작했다. 그 모습이 마치 도사 같았다. 이윽고 그는 내게 말했다.

"올해 도화살과 홍염살로 완벽히 범벅이 되겠네요. 허허허."

"네? 그게 무슨 말이죠?"

홍염살은 뭔지 몰라도 도화살은 나도 대충 들은 바 있는 단어였다. 그는 다시 내게 말했다.

"자수(子水)가 선생께는 도화인데, 올해는 그 자(子)의 기운이 강하게 들어와서 여자들이 주위에 많이 생기겠습니다그려, 허허허."

114

"좋은 건가요 그럼?"

"자(子)는 사주명리학으로 말하면 물(水)인데, 선생께서 올해 물(水)의 기운을 잘 관리한다면 아주 좋은 운입니다. 단지 넘치는 물의 기운을 감당하실 수 있으련 지……."

그는 말끝을 흐렸다. 사주로 자(子)란 글자가 물(水)과 대응하는 글자라는 걸 그때 처음 알게 되었다. 나는 사주팔자에 대해 거의 알지 못했으나, 혈기 왕성한 대학생에게 주위에 여자가 많이 생긴다는 말에 기분이 그리 나쁘지 않았다. 그는 그렇게 말하고 홀연히 사라졌다. 짧은 만남이었지만, 마치 산신령을 만나 무슨 계시라도 받은 듯, 나는 기분이 묘했다. 이래서 사람들이 돈을 주고서라도 사주팔자를 보는구나 싶었다. 그밖에도 그는 내게 이런저런 올해 운세에 관해 이야기를 했지만, 나는 오직 '여자'란 단어만이 머릿속에 맴돌았다. 사람은 누구나 자신이 기억하고 싶은 것만 기억하는 법이 딱 맞는 말이었다.

그렇게 그해 가을이 지나고 있었다. 어느 날 독문과 동문 동기로부터 연락을 받았다. 독문과 그 친구의 별명은 '구텐 탁(Guten Tag)'이었는데 미팅 소개팅을 질릴 때까지 할 수 있는 재력과 인적 네트워크를 가진 세상에서 가장 행복한 인간이었다. 그놈은 소위 금수저를 물고 태어난 놈으로 당시 어떤 대학생도 가질 수 없었던 빨간색 스리도어(three door) 프라이드 자가용을 보유했던 대단한 놈이었다. 압구정동 오렌지족은 못 되어도 이곳 부산 남천동에선 '낑깡족' 정도는 되는 놈이었다. 독일어라곤 영어의 굿모닝에 해당하는 '구텐 탁' 밖에 모르는 무식한 놈이었지만, 왠지 부러운 짜식이었다. 그날 내게 걸어온 그의 전화 목소리는 다급했다. 3:3미팅을 잡았는데 남자 한 명이 펑크를 냈다고 말했다. 내가 대타를 뛰어줘야 한다며 막무가내로 내게 부탁했다. 나는 대답했다.

"야, 그럼 여자 쪽도 한 명 펑크 내서 2:2로 하면 되잖아."

"안 돼 인마. 여자 세 명 중 한 명이 경성대 퀸카란다. 2:2라면 그 퀸카가 빠질 수도 있어. 그럼 말짱 도루묵이거든."

어쨌든 난 구텐 탁과 약속을 잡았다. 연예인 지망생 발탁 오디션에서 사심 없이 친구 따라 같이 온 친구가 우연찮게 선택받는 것처럼, 미팅에선 대타가 홈런을 칠 수도 있는 일이었다. 아무 생각 없이 갔다가 혹시 구텐 탁이 말한 그 퀸카와 내가 짝이 될 수도 있는 노릇이었다. 다음날, 내심 기대를 안고 나는 3:3 미팅 자리에 나갔다. 여자 두 명이 먼저 와 있었다. 이어 우리 일행 세 명이 그녀들 앞에 앉았다. 먼저 와 있던 그 여자 둘을 보는 순간 나는 바로 집에 가고만 싶었다. 이십 대 초반의 여자 대학생이라고 믿어지지 않을 만큼 그녀들의 외모는 정말 아니었다. 그 퀸카는 아직 안 보였다. 이미 와 있던 그 여자 둘은 우리가 미팅이나 소개팅에서 흔히 말하는 '폭탄'이었다. 얼치기 대학생 남자가 여자 보는 눈이야 다 뻔했다. 그럼에도 내 친구 구텐 탁은 자기가 아는 유일한 독일어 '구텐 탁'을 연발하며 그 폭탄들 앞에서 분위기를 돋았다. 어떤 여자 앞에서도 최선을 다하는 그는 역시 이 방면의 프로였다. 곧이어 나머지 한 명, 그 퀸카가 카페 문을 열고 등장했다. 순간, 이건 뭐랄까, 우리 남자들은 아무 말도 할 수 없었다. 연예인으로 치자면 그 퀸카의 외모는 한고은과 고소영의 데뷔 시절 모습을 섞어 놓은 듯했다. 그야말로 여신이었다. 이건 야구로 치면 구회 말 투 아웃에 터진 역전 만루 홈런이었다. 우리 남자 세 명은 속으로 군침을 흘리며 쾌재를 불렀다. 그 순간 '폭탄' 두 여자는 완전히 낙동강 오리 알이 되었다. 우리 셋은 모두 그 퀸카의 환심을 살 방법만 궁리했다. 그녀는 자신도 역시 대타로 나왔다고 말했다. 그리고 같은 교회에 다니는 한 오빠가 자신의 남자 친구라고 말하며 우리에게 우선 일차 방어선을 쳤다. 여자들이 흔히 말하는 실체가 불분명한 바로 그 '교회 오빠'였다. 그러거나 말거나, 골키퍼 있다고 골 안 들어가는 것은 절대 아니란 것을 나는 더 굳게 믿고 있었다. 구텐 탁은 테이블에 있는 성냥개비로 어설프게 퀴즈를 내거나, 냅킨으로 얼기설기 장미꽃을 만들어 그녀에게 환심을 사려 했다. 그녀는 부담스러운 듯 어색하게 웃었지만, 은근히 그 자리를 즐기는 것 같았다. 마침내 짝짓기의 시간이 왔다. 커피잔에 물을 붓고 대충 휘저은 다음 성냥개비를 그 안에 넣는다. 성냥개비가 찻잔 속에서 돌다가 성냥 머리가 가리키는 방향으로 짝짓기를 했다. 운 좋게도 내가 집어넣은 성냥 머리는 바로 그녀를 향한 채 멈췄고 그녀가 띄운 성냥 머리도 나를 향했다. 아무도 거부할 수 없는 공평한 결과였다. 이후 미팅 자리를 파한 후, 구텐 탁도 자신의 패배를 깨끗이 인정했다. 구텐 탁은 그녀의 전화번호를 내게 양보했다. 그녀의 집 전화번호를 받아든 나의 기분은 최고였다. 집으로 오는 버스 안에서 나는 미팅이란 이런 재미가 있구나 하며 속으로 키득거렸다. 그리고 며칠 전 내가 구상했던 신춘문예 응모용 로맨스 포르노 소설의 여주인공을 주저 없이 그녀로 낙점했다. 다음 날, 나는 가게에서 형님에게 얼마간의 월급을 가불 받았다. 주머니가 두둑해진 나는 곧바로 그녀에게 전화했다. 그녀의 이름은 '홍정연'이었다. 이름도 왜 그리 예쁘게 들리는지 몰랐다. 나는 그녀에게 완전히 사로잡혔다. 그녀는 방학이라 그런지 집에 있었다. 만나자고 했더니 그녀는 교회 오빠와 선약이 있다고 했다. 나는 그 선약 마칠 때까지 기다리겠노라고 말했다. 약속이 없는데 한번 팅겨 보는 것일지도 모른다고 나는 생각했다. 이 방면에 항상 '패자(loser)'였던 나는 이런 비굴함 정도야 얼마든지 감당할 수 있었다. 그녀는 마지못해 나와 약속 시각을 정했다. 나는 속으로 쾌재를 외쳤다. 아르바이트 일을 마치고 나름대로 때를 빼고 광을 냈다. 그녀의 학교 교문 앞에서 약속한 시각까지 나는 그녀를 기다렸다. 그녀는 약 십여 분 늦게 나타났다. 그녀를 기다리는 시간 십여 분은 내겐 그저 찰나의 순간이었다. 그녀는 짧은 치마에 스니커즈 운동화와 노란색 저지를 입고 나왔다. 그날 미팅 때 모습과 달리 말총머리 스타일로 뒷머리를 묶었다. 그녀는 과연 그리스 신화에 나오는 미의 여신 아프로디테였다. 그냥 봐도

TV 속 연예인이었다. 미리 가불받은 내 월급을 탈탈 털어 밥을 먹고 커피를 마시고 술을 마셔 탕진하고도 모자라 내 영혼까지 그녀에게 저당을 잡혀도 전혀 아깝지 않을 것 같았다. 하지만 그녀(이제부터 그녀를 '홍양'이라고 부르겠다.)는 나와 있는 내내 그 실체도 모르는 교회 오빠 이야기만 했다. 교회 오빠를 따로 만나는데 나보고 괜찮으냐고. 그러든가 말든가 난 상관없었다. 어차피 저런 미모의 여자가 임자까지 없다고 기대하는 건 애초부터 무리였다. 신화 속 아프로디테도 남편 몰래 아레스와 바람을 피우지 않았던가. 다행히 홍양도 나를 그리 꺼리는 것 같지는 않았다. 첫 번째 미팅에서 내 첫인상이 나쁘지 않았다고 홍양은 내게 말했다. 그 말을 난 강한 긍정으로 받아들였다. 홍양의 마음을 뺏어보리라 보지도 못한 그 교회 오빠와 묘한 전투 의욕이 생겼던 우리의 두 번째 만남이었다.

가을이 깊어가고 있었다. 다니는 학교는 달랐지만, 우린 그 교회 오빠의 눈을 피해 자주 만날 수 있었다. 같이 밥을 먹었고 영화를 보고 커피를 마셨다. 때로는 학사주점에서 그 비싼 술 '청하'를 취할 때까지 마셔 보기도 했다. 학교 잔디밭에 앉아 내가 쓰고 있는 소설 이야기도 나누었다. 올겨울 신춘문예에 응모할 내 소설의 뼈대가 점점 공고히 다져지는 느낌이었다. 그날 이후, 내가 쓰고 있던 소설 속 이야기처럼 혹시 있을지도 모를 홍양과의 '비상사태'에 나는 대비해야 했다. 난 매일 저녁 초록색 이태리타월이나 모가 거친 칫솔로 내 아랫도리 소중한 귀두를 박박 문질러댔다. 남자들의 흔한 '체계적 둔감화 훈련'이었다. 우리 둘의 관계가 깊어져 막상 같이 모텔방에 들어가 사정 조절에 실패한다면 그것은 내겐 바로 죄악이었다. 그 한 번으로 그녀로부터 스트라이크 아웃당하고 다시는 타석에 들어설 기회조차 없어진다면, 그건 내겐 정말 난감한 일이었다. 내가 쓰고자 했던 소설과 달리 내겐 단 한 번의 타석에서 홈런이 필요했다. 그런 훈훈한 상상도 잠시였다.

시간이 지나 중간고사 기간이 도래했다. 난 그다지 중간고사에 신경 쓰지 않았지만, 홍양은 학점에 민감한 것 같았다. 나름의 배려라고 나는 시험 기간에 그녀를 만나는 횟수를 좀 줄였다. 어느 날 나도 중간고사 공부라는 것을 하기 위해 도서관을 가기로 했다. 어차피 그녀를 만나지 못할 시간에 양심상 조금이라도 대학 공부란 걸 해보기로 마음먹었다. 학교 도서관에 가기 위해 나는 버스 정류장에서 버스를 기다렸다. 그때 어디선가 익숙한 모습의 여학생이 나를 보더니 내게 아는 체를 했다. 우리 과 동기생 미숙이었다. 이름은 순박하지만 얼굴이 예쁘장해서 그나마 우리 과에서 봐줄 만한 여학생이었다. 알고 보니 미숙이와 나는 같은 동네에 살고 있었다. 어색한 듯 서로 아는 체하고 같이 버스에 올랐다. 맨 뒷자리에 우리는 나란히 앉았다. 나는 미숙이와 그다지 친하지 않아 어색했다. 그녀가 내게 먼저 말을 걸었다. 같은 동네 살면서 처음 얼굴 본다는 둥 이런저런 잡다한 이야기를 내게 했다. 미숙이는 보기보다 수다스러웠다. 버스를 타고 학교에 가는 시간과 버스에 내려 도서관 까지 걸어가는 시간은 꽤 길었다. 어색했지만, 그녀가 미주알고 주알 수다를 떠는 바람에 우린 어색함을 극복할 수 있었다. 버스에서 내려 두꺼운 원서를 가슴에 안은 채 한쪽 어깨로 가방을 멘 모습이 여대생답게 풋풋하고 예쁘게 보였다. 미숙이는 자신은 수업이 있다며 도서관에 자기 자리 좀 대신 잡아달라고 내게 부탁했다. 어렵지 않은 부탁이었다. 내가 앉은 도서관 자리 맞은편에 내 책가방을 올려놓고 미숙이의 자리를 대신 잡았다. 그렇게 도서관에 앉았지만 공부가 잘될 리 없었다. 나는 홍양이 생각났다. 핸드폰과 삐삐가 없던 시절이라 집 전화밖에 연락할 길이 없었다. 전화해 보니 홍양은 역시 집에 없었다. 지금 홍양이 그 교회 오빠와 교정에서 달달한 로맨스 영화라도 찍고 있다고 생각하니 나는 피가 거꾸로 솟았다. 예쁜 여자 친구를 둔 남자의 마음은 그렇게 간사하고 항상 불안한 것이리라. 역시 멋지고 비싼 자동차와 예쁜 여자 친구는 자랑거리가 아닌 근심의 대상일 뿐이었다. 약간의 시간이 흘러 수업을 마친 미숙이가 내가 잡아 놓은 도서관 자리로 왔다. 고맙다며 음료 캔을 하나 내게 내밀었다. 난 싱긋이 미소를 지었다. 그녀는 나를 보고 여덟 팔자로 그려지는 자신의 보조개로 화답했다. 그 잘 벌어진 보조개를 보니 미숙이도 좀 예쁜 구석이 있었다. 어떻게 하다 보니 그날 미숙이와 같이 집에 가게 되었다. 도서관에서 버스 정류장까지 긴 걸음을 나란히 걸었고 51번 버스 뒷좌석에 우린 같이 앉았다. 미숙이는 자신이 아침잠이 많다며 다음 날도 도서관 자리를 잡아 달라고 내게 부탁했다. 그리 내키지 않았지만, 나는 마지못해 그러겠다고 말했다. 어차피 어렵지 않은 일이었다. 다음날 중앙도서관 2호실 내 자리 맞은편에 또 미숙이 자리를 대신 잡아 주었다. 그리고 난 엎드려 잤다. 한참을 자고 일어나 화장실에서 입가에 묻은 침을 닦고 다시 자리에 앉아 이제 공부를 시작하려는데 마침 미숙이가 내게로 왔다. 자리 잡아주어서 고맙다며 책을 책상에 내려놓자마자 매점에서 커피를 사주겠노라고 했다. 나는 마다할 이유가 없었다. 도서관 자리 잡자마자 잠자고 또 내려와 미숙이랑 커피를 마시며 이런저런 수다를 떨었다. 미숙이가 일방적으로 수다를 떨면 난 그저 적정한 시점에 반응만 했다. 그녀는 내 눈을 보고 열심히 수다를 떨었다. 마치 집이나 다른 곳에서는 말 한마디도 안 하다가 입이 근질거려 나한테 다 풀어놓는 것 같았다. 그러고 보니 뽀얀 피부에 웃을 때 보조개와 잇몸이 살짝 드러나는 미숙이는 참 예뻤다. 같은 강의실에서 서로 아는 체 안 하고 다닐 때와 영 달라 보였다. 역시 사람을 제대로 알려면 대화가 필요했다.

다음 날은 오랜만에 홍양을 만났다. 이번에 홍양은 입술에 번들거리는 펄을 바르고 왔다. 옅은 분홍색 입술이 반짝반짝 빛났다. 그 입술에 나는 뽀뽀하고 싶었다. 난 호시탐탐 그녀의 입술을 훔칠 기회만 노렸다. 홍양의 입술을 훔치려면 아무래도 술이 필요했다. 나는 나름대로 머리를 굴렸다. 세상에서 가장 맛있는 술을 먹게 해주겠다며 술집에서 취기가 오를 때까지 기회를 엿본다. 그러다가 세상에서 제일 맛있다는 그 술은 바로 '내 입술'이라 농담을 던지며 홍양에게 덮칠 생각이었다. 그러나 그날은 그 기회를 원천봉쇄 당했다. 밥을 먹고 커피를 마신 후 술을 마시러 가야 할 차례인데, 돌연 홍양은 그 교회 오빠를 만나러 가야 할 시간이라고 내게 방어선을 쳤다. '이런.' 돈 들여 배를 불려 놓으니 딴 남자 만나러 가겠다고 한다. 그렇다고 그녀가 양다리를 걸친다고 내가 불만을 토로할 수는 없었다. 일단 홍양에 관한 기득권은 그 실체를 아직 모르는 교회 오빠에게 있었다. 홍양을 보내니 왠지 마음이 허전했다. 이대로 집으로 갈 수는 없었다. 꿩 대신 닭이라고, 나는 갑자기 미숙이가 생각났다. 나는 미숙이에게 전화를 걸었다. 그녀는 마침 집에 있었다. 내 전화에 그녀는 좀 놀란 것 같았다. 저녁에 집 근처에서 같이 술 한잔하자고 내가 먼저 권했다. 그녀는 잠시 망설이더니 이내 만날 장소와 시간을 정했다. 집 근처 조그마한 치킨집에서 나는 미숙이를 만났다. 홍양 이야기를 하며 미숙이에게 위로받고 싶었지만, 차마 그럴 수 없었다. 절대 홍양 이야기는 미숙이에게 꺼내지 않았다. 그게 미숙이에 대한 기본 예의라고 생각했다. 즐겁게 미숙이의 수다를 받아주며 가볍게 맥주 몇 병을 비운 채 그 자리를 파했다. 술기운에 약간 불그스름해진 미숙이의 얼굴이 이제 보니 더욱 예뻐 보였다. 타깃을 바꿀까, 나는 잠깐 혼란스러웠다. 이내 난 머리를 흔들며 다짐했다. '남자의 꿈은 원대

해야 하니라. 미숙이 따위가 감히.'

중간고사가 끝났다. 어차피 시험 결과에 나는 관심조차 없
었다. 오늘 나는 혼자 교내 메탈그룹의 공연을 보러 갔다. '우든
키드(Wooden Kids)'라는 교내 메탈그룹인데 내가 좋아했던 록그
룹 스키드 로우(Skid Row) 곡을 몇 곡 카피해서 연주한다고 했
다. 나는 고교 시절부터 록 음악을 아주 좋아했었다. 레드 제플
린부터 메탈리카까지, 가사 내용도 몰랐지만, 상관없이 좋았다.
전기 기타에서 흘러나오는 기이한 왜곡 음이 그렇게 내 마음을
설레게 했었다. 공연이 열릴 학교 학생회관 소강당으로 홀로 가
서 빈자리에 앉았다. 공연은 막 시작해서 장내는 어두웠다. 공
연이 시작되고 학생 관중은 열광했다. 나는 연주하는 곡들의 전
기 기타 소리에만 집중했다. 공연은 성공적으로 끝났다. 앙코르
곡까지 모두 마치고 막이 내렸다. 사람들이 일어나 하나둘씩 밖
으로 빠져 나갔다. 나는 홀로 객석에 앉아 전기기타 소리의 여
운에 젖어 있었다. 나도 저 무대 위 기타리스트로 서고 싶었다.
유명한 소설가가 되어 저런 무대 위에서 팬들과 정담을 나누는
미래의 나의 모습도 상상했다. 잠시 후, 내 옆에 앉아있던 한 여
학생이 밖으로 나가고자 일어나 움직였다. 통로 쪽에 앉은 나는
자리를 비켜줘야 했다. 밖으로 나가려던 그 여학생과 잠시 눈
이 마주쳤다. 서로 어! 하는 외마디 탄성이 나왔다. 그 여학생은
고교 동문 동아리 동기 여학생이었다. 이름은 정주은, 동문회를
잘 나가지 않아서 그녀와 친분은 별로 없었지만, 우리는 잘 아

는 사이였다. 그녀는 누구에게나 호감을 줄 수 있는 외모의 소유자였다. 예전에 선후배 간 신구 대면식에서 동기 주은이를 처음 봤을 때, 작은 얼굴에 굵은 웨이브를 한 파마 머리가 잘 어울렸던 기억이 있었다. 신구 대면식이나 신입생 환영회 때 선배들 앞에서 지지 않으려 호기 있게 술을 마셨던 그녀의 호방한 모습이 떠올랐다. 그녀가 먼저 내게 말을 건넸다.

"어······. 여기 웬일? 혼자 보러 왔니?"

나는 답했다.

"어. 나 메탈음악 아주 좋아하거든. 특히 스키드 로우라면 아주 죽지. 너도 혼자 왔니?"

"응, 너도 메탈 엄청 좋아하나 보네, 혼자 온 걸 보니."

"응. 메탈 잘 모르는 애들이랑 오면 왠지 신경 쓰여서. 그리고 원래 혼자 잘 다녀."

정주은은 메탈 음악을 아주 좋아한다고 말했다. 우리는 막 내린 공연장 통로에 서서 서로 잘 나가지도 않는 동문회 이야기며 메탈 음악 이야기를 잠시 나누었다. 그녀는 올해나 내년쯤 우든키드 밴드에 키보드 주자로 오디션도 볼 것이라고 말했다. 난 그저 듣는 수준인데 주은이는 연주도 잘하는 것 같았다. 통로에서 짧은 대화를 마치고 헤어질 즈음, 그녀는 대뜸 내게 말했다.

"며칠 후 'COB'라는 신예 그룹사운드 연주회가 있는데 같이 갈래?"

"COB? 어떤 밴든데? 첨 들어보는데."

"응. 내가 아는 언더그라운드 밴드인데 아주 실력 있는 애들이야. 내게 초대권 두 장 있거든."

난 흔쾌히 승낙했다. 그 밴드가 어떤 연주를 하는지 들어보고 싶었다. 주은이가 우든키드를 혼자 보러 올 정도라면 그녀가 권해준 COB라는 정체 모를 밴드도 괜찮은 연주를 할 것 같았다. 그렇게 우린 그날로 COB라는 밴드 연주회가 있을 범일동의 한 소극장 앞에서 만나기로 약속을 정했다. 학생회관 소강당을 빠져나오면서 나는 다시 내 마음속 아프로디테 홍양이 생각났다. 집에 들어가기 전 공중전화 박스를 찾아 홍양에게 전화를 걸었다. 학교가 달라서 서로 만나기는 아무래도 번거로웠지만, 홍양이라면 그 번거로움을 감당할 만한 충분한 가치가 있었다. '홍양을 만나서 반드시 술자리를 만들어야 한다.' 그리고 취기가 오르면 홍양의 입술을 훔치는 게 우선 나의 단기 목표였다. 아직 실체를 확인 못 한 가상의 강적, 그 교회 오빠가 있는 한, 빠른 속공만이 그녀의 마음을 훔칠 수 있는 유일한 방법이라 나는 판단했다. 세상에 쉬운 일은 없었다. 그녀의 마음을 훔치는 것은 신춘문예 당선만큼 쉽지 않아 보였다. 진도가 안 나가는 기다림은 나만 조바심 나게 했다. 홍양은 그 신춘문예 당선처럼 내게 줄 듯 말 듯, 묘한 여운만 남기며 치맛자락만 내게 연신 펄럭이는 화냥년과 같았다. 그러나 아직 기회는 충분했다. 역시 그녀는 집에 없었다. 지금 교회 오빠를 만난다고 생각하니 나는 피가 끓었다. 원래 내 것이 아니었지만, 뭔가 내 것을 빼앗긴 것 같은 그런 착잡한 기분이었다.

　다음 날 저녁은 주은이와 COB라는 밴드 공연을 보러 가기로 한 날이었다. 오전에 학교에 가기 위해 버스를 기다리는데 정류장에서 하필 또 미숙이를 만났다. 매주 수요일은 공교롭게도 나의 오전 수업 일정이 미숙이와 같았다. 수업을 빼먹거나 일부러 일찍 나가지 않고 수업 시간에 맞춰 등교하면 미숙이와 버스 정류장에서 마주칠 수밖에 없었다. 미숙이는 반가움에 나를 보며 환하게 웃었다. 역시 여덟 팔 자로 벌어지는 보조개와 살짝 드러나는 잇몸이 예쁘게 보였다. 며칠 전, 저녁에 같이 술자리를 했다고 이젠 나와 더 친한 체를 하는 것 같았다. 그래서인지 오늘은 미숙이가 미니스커트를 입고 나타났다. 다리가 너무 예쁘다고 난 너스레를 떨었다. 사실 미숙이 정도 미모라면 홍양에게 비교할 바는 전혀 아니었다. 미숙이 보다 적어도 열 배는 더 예쁜 홍양을 만나고 있다는 사실만으로 드러나지 않은 내 자만심은 극에 달했다. 이것이 가진 자의 여유였다. 미숙이의 미니스커트를 내가 변변치 않게 칭찬해 주자 그에 고무된 그녀는 버스 안에서 미주알고주알 또 내게 수다를 늘어놓았다. '혹시 얘가 나한테 호감이라도 있는 걸까?' 여자들 끼리나 할 수 있는 찜질방 수준의 수다를 버스 안에서 내게 장황하게 늘어놓았다. 물론 나도 싫은 내색 없이 열심히 반응해 주었다. 주변 승객이 힐끔힐끔 우릴 쳐다보는 모습이 약간 신경 쓰이기도 했다. 그러고 보면 미숙이도 귀엽거나 예쁜 구석이 있었다. 내가 지금 홍양에 정신이 팔려있어서 그렇지, 홍양만 아니라면 미숙이에게 적극적인 구애도 해볼 만했다. 버스 안에서 미숙이가 연신 수다를 떠는 동안 난 생각했다. '안타깝다. 미숙아. 넌 일단 내겐 후보 선수니까 2군에서 미모를 갈고 닦으며 잠시 기다리렴. 홍양에 실패하면 너를 한 번 진지하게 생각해볼게'라며 나는 김칫국을 먼저 마셨다. 우리는 버스에서 내려 같이 강의실로 걸어 올라가고 있었다. 중간 지점쯤 가고 있을 때 미숙이가 내게 물었다.

"오늘 수업 마치고 뭐해, 시간 있어?"

"응? 왜?"

"줄리아 로버츠 나오는 영화 <사랑을 위하여> 아직 못 봤거든. 넌 봤니?"

같이 보러 가자는 미숙이의 과감한 제의였다. 이 정도면 완벽한 대시였다. 하지만 오늘 저녁엔 주은이와 COB라는 밴드 공연 보러 가기로 한 날이었다. 주은이와 이미 약속을 정했으니 그 약속을 취소하거나 연기할 연락 방법이 없었다. 아쉬운 체를 하며 내가 답변했다.

"나도 그 영화 아직 못 봤는데, 하지만 오늘은 내가 집에 일이 있어서 안 되겠다. 나도 그 영화 보고 싶었는데."

여자의 제의에 내가 팅기는 상황이 연출되었다. 그녀는 약간 자존심이 상해 있을 것 같아 내가 다시 말을 이었다.

"오늘은 안 되니 내일 그럼 같이 갈까?"

그녀의 입가에 다시 미소가 번졌다. 그리고 바로 우리는 내일 만날 시간과 장소를 정했다. 나는 속으로 생각했다. '지금 얘하고 이러고 있을 게 아닌데.' 홍양이 나로부터 한 발짝 멀어져 버린 느낌이었다. '홍양아 미안. 며칠만 기다려. 이깟 미숙이는 우물가에 버려두고 내가 곧 너한테로 달려갈게.' 아직 홍양과 특별한 사이도 아니면서 나는 왠지 홍양에게 미안한 마음이 가슴 속 한구석에 생기기 시작했다. 며칠 전, 한 중년 손님에게서 들은 올해 내 운세 풀이가 생각났다. 내게 도화살과 홍염살이 붙어서 여자 복 터진다더니 과연 그 말이 정확했다. 홍염살의 '홍'자가 '홍'양이라고 생각하니 나는 더욱 흥분하였다. 홍양을 만나면서 내가 생각하고 있는 로맨스 포르노 소설의 여주인공으로 홍양을 일찌감치 낙점했었다. 홍양의 출연으로 신춘문예 응모 소설의 집필 진도는 아주 빨랐다. 소설 속 그녀는 내게 원 스트라이크 아웃을 이미 선언했다. 모텔방 거사에서 미처 조절 못한 나의 조루가 원인이었다. 기회가 왔지만, 경험 부족과 준비 부족 탓에 제대로 기회를 잡지 못했다. 그러고 보면 가진 것 없는 평범한 대학생에게 이런 기회는 흔한 것이 아니었다. 실패가 어쩌면 당연했다. 하지만 아직 젊기에 그녀가 내게 하사해 준 한 번의 기회가 더 있었다. 그것이 내겐 마지막 기회였다. 변강쇠의 자질을 갖추지 못하고 태어난 것이 죄라면 죄였다. 나의 절친 '구텐 탁'처럼 빨간 승용차를 타고 다니며 밤마다 여자를 찾아다닐 수 있는 능력도 타고나질 못했다. 태어날 때부터 능력의 많고 적음이 이미 결정되는 현실이 슬펐다. 나는 애초부터 가지지 못하고 태어난 한국사회의 금수저 흙수저 이야기를 내가 쓰고 있는 로맨스 포르노 소설에 얼개로 씌우고자 했다. 조루증 극복을 위해 날마다 면이 거친 이태리타월과 모가 두꺼운 칫솔로 내 아랫도리의 귀두를 갈고 닦지만, 결국 그녀로부터 스트라이크 아웃을 당한다. 역시 태생적 한계는 극복하지 못한다는 자조로 신춘문예 응모 소설을 결말 짓고 싶었다. 그러나 소설은 소설일 뿐, 현실에선 절대 홍양으로부터 아웃될 수는 없었다.

주은이를 만나는 그날은 모든 것이 순조로웠다. 그날 저녁 범일동의 한 지하 소극장 앞에서 그녀를 만났다. 학교 안에서 본 주은이와 오늘 학교 밖에서 본 주은이는 정말 달라 보였다. 미니스커트에 하늘하늘한 셔츠를 입고 그녀가 내 앞에 나타났다. 머리 모양새를 보니 미용실에서 꽤 시간을 보낸 것처럼 보였다. 동기지만, 그녀는 나를 분명 이성으로 의식하고 있는 것 같았다. 먼저 나와서 기다리고 있던 나를 보더니 그녀는 환하게 웃었다. 그날 밤 그녀가 추천한 COB란 밴드 공연을 처음 봤다. 'Somewhere Over the Rainbow'라는 유명 곡을 메탈 버전으로 편집하여 연주하며 공연이 시작됐다. 리드 기타리스트의 연주가 인상적이었다. 멋진 공연이었다. 공연은 멋지게 마쳤지만, 우리에겐 여운이 남았다. 우린 이대로 그냥 헤어질 수 없었다. 그녀가 준 초대권으로 공연을 봤으니 내가 저녁을 사야 하는 것이 순서였다. 난 그녀에게 저녁 겸 술자리를 권했다. 주은이는 흔쾌히 승낙했다. 술을 마다할 그녀가 아니었다. 조그맣고 아늑한 어느 주점에서 우리는 마주했다. 어둑어둑한 술집에서 그녀를 보니 그녀가 또 달리 보였다. 신입생 환영회 때 나는 그녀를 처음 봤었다. 그때 그녀가 선배들에게 지지 않으려는 듯 호기 있게 술을 마셨던 그 모습이 내 기억에 아직 남아 있었다. 그때 여장부 같았던 그녀가 참 멋있었지만, 나와는 잘 어울릴 것 같지 않았다. 지금은 어느새 그런 여장부가 아닌 성숙한 한 여자로 그녀는 내게 다가와 있었다. 한 잔 두 잔, 그렇게 우린 술잔을 비웠다. 역시 주은이는 내게 지지 않으려는 듯 호기 있게 술을 마셨다. 그녀와 술을 마시면서 몰랐던 그녀의 매력에 난 점점 빠져들고 있었다. 메탈 음악이란 공통의 화제도 있었다. 우린 주로 음악에 대해 이야기를 하며 술잔을 비워 나갔다. 어느덧, 내가 잠시 화장실에 다녀온 사이 그녀는 벽에 머리를 기대어 자고 있었다. 주은이가 술을 너무 많이 마신 것 같았다. 더 마시면 안 될 것 같았다. 몸을 추스르고 우리는 술집을 나왔다. 그녀를 데려다주기 위해 같이 버스를 탔다. 한적한 버스 뒷자리에 우린 나란히 앉았다. 자리에 앉자마자 그녀는 눈을 감았다. 몇 정거장 가지 않아 그녀의 머리가 내 오른쪽 어깨로 향했다. 난 가만히 내 어깨를 그녀에게 빌려줬다. 이내 그녀는 내 오른쪽 어깨에 자신의 고개를 묻은 채, 쌔근쌔근 잠을 자기 시작했다. 시간이 흘러 내려야 할 정류장에 도착했다. 난 그녀를 깨웠다. 눈을 뜨긴 했지만, 그녀는 혼자 몸을 가누지는 못할 것 같았다. 나는 주은이를 부축하기 위해 자연스럽게 그녀의 허리를 감싸 쥐었다. 주은이도 자신의 허리를 감싸 쥔 내 손을 거부하지 않았다. 버스에서 내려 그녀를 부축한 채, 그녀의 집 앞까지 갔다. 주은이네 집은 골목 구석에 있는 대문이 예쁜 양옥이었다. 대문은 넝쿨로 감싸져 있어 아늑해 보였다. 넝쿨을 비추는 유일한 가로등 불빛이 고즈넉했다. 늦은 시각이라 골목엔 아무도 없었다. 주은이는 자기 집 초인종을 누르지 않고 문 앞에서 슬며시 내 허리를 감싸 안고 자신의 얼굴을 내 가슴에 묻었다. 순간 나는 당황했다. 주위엔 아무도 없었고 가로등만이 우리를 비추고 있었다. 그녀는 내 가슴에 묻었던 얼굴을 들더니 내게 입맞춤을 했다. 난 거부하지 않았다. 거부할 이유가 없었다. 그녀의 완벽한 대시였다. 난 눈을 감았다. 홍양의 얼굴이 내 눈앞을 스쳤다. 홍양을 생각하면서 내 입술은 주은이의 혀를 격렬하게 더듬고 있었다. 이 입술이 내가 그렇게도 원했던 홍양의 입술이었다면 얼마나 좋을까를 생각하는 순간, 그녀가 내 입술에서 입을 떼고 내게 속삭였다.

"우리 사귈래?"

바로 난 대답했다.

"좋지."

더는 말이 필요 없었다. 우린 다시 맹렬히 서로의 입술과 혀를 더듬었다. 아무도 없는 골목에서 우리를 비추는 가로등 불빛은 더없이 그윽했다. 홍양이 내게서 한 발 더 물러서는 순간이었다.

　또 날이 밝았다. 어제 주은이와 여운이 채 가시기도 전에, 오늘은 미숙이와 줄리아 로버츠가 나오는 영화를 같이 보러 가기로 한 날이었다. 아침에 주은이로부터 연락이 왔다. 전날 숙취 해소를 위해 오늘 학교에서 같이 점심 먹자고 그녀가 내게 제안했다. 거절할 수 없었다. 졸지에 양다리를 걸치고 있는 나를 발견했다. 이건 분명히 나에 대한 두 여자의 적극적인 대시였다. 흥분되고 은근히 기분도 좋았다. 하지만 애초부터 나의 전략적 타깃은 홍양이었다. 어서 실체를 모르는 그 교회 오빠로부터 홍양의 마음을 뺏은 후, 주은이와 미숙이에겐 안타깝지만, 멋지게 이별을 고하기로 나는 굳게 마음먹고 있었다. 홍양의 마음을 얻는 순간, 홍양이 등장하는 내 소설도 금세 완성될 것만 같았다. 신춘문예 공모 마감 시한이 임박해 오고 있었다. 낮에 오전 수업을 마치고 점심때 약속대로 교내 식당에서 주은이를 만났다. 어제 일이 어색했는지 주은이는 조금 긴장한 듯했다. 오늘 입고 온 옷도 화사했고 그녀의 입술엔 언젠가 홍양이 발랐던 반짝거리는 펄이 얇게 발려있었다. 그녀는 뭔가 나를 의식하는 듯한 치장이었다. 우린 교정 내 산기슭 밑 외진 곳에 자리 잡은 교내 식당에서 같이 밥을 먹었다. 남의 이목을 좀 피하고 싶었다. 밥을 다 먹고 그녀는 '오늘 뭐 해?'라고 내게 물었다. 미숙이와 영화 보기로 했다라고 차마 말할 수 없었다. 주은이는 줄리아 로버츠 나오는 <사랑을 위하여>란 영화가 요즘 재밌다며 내게 말했다. 이쯤에서 내가 '그럼 같이 보러 가자'라고 제안해야 할 타이밍이었다. 오늘 미숙이와 같이 그 영화를 보러 가기에 차마 주은이와 약속을 잡을 수 없었다. 그렇게 어색한 분위기에서 우린 그날 헤어졌다. 아무래도 오늘 미숙이와 영화를 본 후, 곧 주은이와 다시 이 영화를 또 봐야 할 것 같은 예감이 들었다. 양다리를 걸친 내 탓이었다. '같은 영화 몇 번 보는 이런 고행쯤이야.' 그날 저녁이 되어 미숙이를 만나러 지하철을 타고 남포동 제일극장 앞 매표소로 갔다. 좀 기다리니 곧 미숙이가 왔다. 밝게 웃으며 미숙이는 자연스럽게 내게 팔짱을 끼었다. 교정에서와 달리 시내로 나오니 미숙이는 내게 더 적극적이었다. 나도 자연스럽게 행동하며 그녀에게 어색함을 주지 않으려 노력했다. 행여나 홍양 '사냥'에 실패하면 미숙이라도 잡아야겠다는 생각이 들었다. 남자에게 파야 할 우물은 이렇듯 여러 개가 필요한 법이었다. 상대에게 들키지만 않는다면 '여러 우물 파기 전략'은 나름대로 괜찮은 방법이었다. 표를 사고 시간이 좀 남아 노점상에서 고구마 스틱을 샀다. 매표소 앞에 서서 나는 미숙이와 팔짱을 낀 채 같이 정겹게 고구마 스틱을 서로의 입에 넣어주며 나눠 먹고 있었다. 늦가을 하늘은 맑았다. 미숙이도 즐거워했다.

그때였다. 난 흠칫 놀라지 않을 수 없었다. 사람들로 북적이는 남포동 극장가 한가운데에서 나는 한 여자와 서로 눈이 마주쳤다. 다름 아닌 주은이었다. 나와 미처 약속을 잡지 못한 주은이가 하필 혼자 이 영화를 보러 온 것이었다. 전에 교내 밴드 공연에도 혼자 관람하러 온 그녀였다. 미숙이와 내가 팔짱을 끼고 다정히 고구마 스틱을 먹고 있는 장면을 보고 주은이도 흠칫 놀란 것이 분명했다. 나보다 미숙이를 먼저 위아래로 훑어보는 주은이의 날카로운 눈길이 느껴졌다. 나는 당황했다. 서로 모르는 체하고 넘길 타이밍은 이미 지나 있었다. 일단 미숙이에게 주은이를 소개했다. 많이 어색했다. 짧은 시간이었지만, 나는 그 시간이 빨리 지나가길 바랐다. 잠시 소개를 마친 뒤 주은이는 내게 실망한 듯 말없이 뒤돌아 유유히 홀로 극장 안으로 사라졌다. 나는 미숙이에게 아무 말도 할 수 없었다. 이미 엎질러진 물이었다. 난감한 순간도 잠시, 이번에도 나는 내 눈을 또다시 의심하지 않을 수 없었다. 주은이가 토라진 듯 극장 안으로 들어간 지 채 몇 초도 안 되어 바로 앞에서 또 한 여자와 나는 눈이 마주쳤다. 아뿔싸, 이번엔 홍양이었다. 그간 실체를 몰랐던 그 교회 오빠와 같이 그녀는 내 앞에 나타났다. 그들이 다정히 팔짱을 낀 채 우리와 마주쳤다. 당시 한창 흥행에 성공하고 있었던 줄리아 로버츠의 그 영화를 보러 그들도 하필 그날 이 영화관을 찾은 것이었다. 홍양은 놀라면서도 반갑게 내게 아는 체를 했다. 홍양의 그날 미모는 단연 빛났다. 우리 넷은 매표소 앞에 서서 서로 어색한 인사를 주고받았다. 홍양의 빛나는 미모를 훔쳐보는 미숙이의 눈알 굴러가는 소리가 내 귀에 생생하게 들리는 것 같았다. 미숙이는 인사를 하면서도 이런 미모의 홍양을 내가 어떻게 아냐며 질투의 눈초리로 나를 쳐다봤다. 미숙이의 칼날 같은 매서운 눈초리에 난 대응할 바를 몰랐다. 그 바람에 나는 그간 실체를 몰랐던 나의 강력한 경쟁자인 그 교회 오빠를 자세히 살펴볼 마음의 여유조차 없었다. 홍양을 호시탐탐 노리고 있던 내게 오늘의 대면은 아주 큰 타격이었다. 아쉬울 것 하나도 없는 홍양은 치맛자락을 흩날리며 교회 오빠와 팔짱을 낀 채 극장 안으로 홀연히 들어가 버렸다. 그 순간 내 머릿속엔 여러 가지 생각이 스쳤다. 주은이와 다시 시작할 수 있을까, 교회 오빠의 실체를 직접 확인한 지금 홍양은 이미 물건너 간 것일까, 그렇다면 남아있는 미숙이라도 나는 제대로 잡을 수 있을까? 난 어떤 것도 확신할 수 없었다. 자업자득이었다. 나는 고개를 들어 하늘을 봤다. 극장 간판에 걸린 영화 포스터 속 줄리아 로버츠가 환하게 나를 보며 웃고 있었다. 일면식도 없는 줄리아 로버츠까지 내게 추파를 던지는 것 같았다. 그 순간 미숙이는 내 팔에 얹은 팔짱을 슬며시 풀며 토라진 듯 고개를 돌렸다. 좋지 않은 예감이 밀물처럼 밀려왔다. 얼마 전 중년 신사가 내게 말했던 넘치는 물(水)의 기운이란 이런 것이었을까. 때가 되어 자기 맘대로 들어왔다가 알아서 빠져나가는 바다 밀물과 썰물의 자연스러운 흐름이 그 신사가 말한 물의 기운이었을까? 얼마 남지 않는 신춘문예에 응모할 로맨스 포르노 소설도 이미 떠나간 홍양과 함께 더 써 나갈 수 없을 것만 같았다. 산신령 같았넌 그 중년 남자의 말대로 그 물의 기운은 어차피 내가 감당할 수 있는 것이 아니었다. 그 중년 남자는 이미 모든 것을 알고 있었는지 모른다. 이 가을 내게 엄습했던 강력한 물의 기운이 썰물처럼 빠져나가는 순간은 정말 짧았다. 모텔방에서 홍양과 뒹굴며 섹스를 했다면 그 시간도 이렇게나 짧았을까? 모텔방에서 홍양에게 원 스트라이크 아웃을 당해도 어차피 한 번의 기회가 더 있을 것이란 내 소설의 줄거리처럼 지금의 이 순간이 현실이 아닌 소설이기를 나는 바랐다. 그간 칫솔과 이태리타월로 열심히 갈고 닦아 무뎌진 내 귀두만이 언제 있을지 모를 출격 명령을 무심히 기다리고 있었다.

매가리
낚시

수면 위에서 찰랑거리던 찌가 시나브로 가라앉는다. 약 십 센티 정도 수면 아래로 잠기던 찌가 좌우로 흔들리더니 이내 멈춘다. '조금만 더, 조금만 더.' 나는 조바심이 난다. 몇 초간 그 수심 층에 머물던 붉은 색 찌가 좌우로 흔들리더니 이내 '쑤~욱' 하고 한 뼘 정도 더 잠긴다. 찌가 더는 보이지 않는다. 완벽한 입질이다. 찌가 잠기는 형태가 낚시 방송에서 봐왔던 뱅에돔의 입질 패턴 그대로다. 이때를 노려 챔질. '후~욱' 하고 낚싯대가 허공을 가른다. 순간 낚싯줄에 강한 장력이 느껴진다. 낚싯대가 반원을 그리며 휘어진다. 휘어진 낚싯대 끝부분이 수면을 향해 연신 꾹꾹 처박는다. 낚싯줄에 걸려있는 동그란 구멍찌가 요동을 친다. 낚싯줄에서 '피이~잉'하며 줄 늘어지는 소리가 난다. 꾼들이 말하는 피아노 줄 늘어지는 소리다. 낚싯대를 잡은 왼팔에 짜릿한 오르가슴이 느껴진다. 어떤 어종인지 몰라도 대물(大物)임을 짐작할 수 있다. 반원으로 휜 낚싯대를 나는 서서히 들어 올린다. 이제 바늘에 걸린 고기가 거의 수면 위로 모습을 드러낼 시점이다. 정체를 보여주지 않으려는 듯, 내 바늘에 걸린 물고기는 극렬하게 저항한다. 그놈은 물속으로 꾹꾹 처박으려 하지만 수면에 띄워 올려 고기에게 공기를 먹이면 승부는 끝난다. 일단 대물인 것은 확실하다. 낚싯바늘에 걸린 물고기가 뱅에돔인지 아닌지 정체도 곧 밝혀질 순간이다. 찌는 이미 물 위로 올라와 있다. 도래 밑에 묶인 목줄도 찌와 함께 수면 위에서 요동을 친다. 물고기 정체를 확인하려는 순간 나도 모르게 잠에서 깼다.

　-젠장.

　이불 속에서 나는 살짝 실눈을 떴다. 막 해가 뜨려는 듯, 약한 빛이 창문에 비쳤다. 낚시 방송에서 보기만 봤지, 실제로 단 한 번도 내가 잡아본 적 없는 파란 눈의 뱅에돔을 꿈에서라도 못 잡는단 말인가. 단 몇 초면 그 엄청난 힘을 자랑했던 놈이 뱅에돔인지 아닌지 확인할 수 있었는데, 내심 아쉬웠다. 어젯밤 마셨던 싸구려 믹스 커피 탓이리라. 나는 며칠째 깊은 잠을 자지 못했다. 이리 뒤척 저리 뒤척 마저 잠을 청해보지만, 쉽게 잠이 오지 않았다. 오늘은 또 뭘 하며 시간을 보내나, 이불 속에서 고민했다. 순간, 새벽 고요함을 깨고 쏴~아 하며 한줄기 시원한 소리가 들렸다. 비가 온다. 오랜만에 오는 반가운 비다. 아침에 일어나 일기예보를 확인해서 오후에 비가 그친다면 영도 앞바다나 청사포 방파제로 낚시나 가야겠다고 생각했다. 빗소리를 듣고 있자니 건넌방에서 시끄러운 알람 소리가 울렸다. 이윽고 아내가 일어나 화장실에 가는 발소리도 들렸다. 이내 부엌에서 달그락거리는 소음이 들린다. 전자레인지도 돌아가고 냉장고 문도 열고 닫힌다. 오디오에서 흘러나오는 영어 동화 음성이 오늘도 어김없다. 초등학생인 아들도 어느새 일어나 있다. 어슬렁어슬렁 나도 부엌으로 나온다. 아내는 '저 인간이 웬일이지?'라는 눈초리로 귀찮은 듯 나를 힐끔 보며 한소리 한다.

-웬일이래, 이렇게 일찍 일어나고. 아침 먹을 거야 당신?

-응, 간단히 먹지 뭐. 비 오는데 우리 마눌님과 아드님 데려다줘야지.

아내는 말없이 식탁에 숟가락을 하나 더 놓았다. 그러면서 이내 뼈있는 한마디를 내뱉었다.

-좋겠수, 당신은. 이렇게 비 오는 날 비 한 방울도 안 맞아서.

아침부터 아내는 내게 비수를 꽂는다.

-내가 놀고 싶어 노나, 뭐. 너무 그러지 마라.

아내는 내 변명엔 관심 없다는 듯 물을 한 잔 따라 아들 앞에 놓았다.

그럭저럭 다니던 회사가 힘들어지더니 급기야 회사는 내가 근무하는 지방 사무실을 폐쇄했다. 이왕 이렇게 되었으니 좀 쉬자는 자기 합리화에 도취하여 약간의 명예퇴직금과 함께 나는 퇴사했다. 퇴사 당시 다시 재취업할 수 있을 것이라는 자신감도 있었다. 하지만 그 알량한 자신감은 채 몇 달이 가지 않았다. 시간이 지날수록 보험회사 영업직 말고는 오라는 데가 없었다. 하루하루 기약 없는 나날을 보냈다. 혼자 있는 낮에는 멍한 느낌이 들곤 했다. '내가 지금 아무도 없는 집에서 혼자 뭐 하고 있는 거지?' 아무 곳에도 속하지 못하고, 아무도 날 찾지 않는다는 소외감이 나를 더욱 힘들게 했다.

나는 평소 잘 먹지도 않는 아침밥을 대충 먹고 트레이닝복 상의를 주섬주섬 걸쳐 입었다. 아들과 아내를 데려다주기 위해 자동차 열쇠를 바지 주머니에 넣은 채 우리 가족은 현관 밖으로 나왔다. 이때 맞은편에서 문 열리는 소리와 함께 한 무리의 식구가 나왔다. 우리와 마주했다. 출근하는 듯 잘 차려입은 사십대 중반 즈음의 아저씨와 중학생 딸과 그리고 초등학생이다. 이 집도 비 오는 날은 아빠가 출근하면서 아이들 등교 시켜주는 모습은 우리 집과 별반 다르지 않았다. 앞집 아주머니가 문을 빼꼼히 연 채 우리를 의식한 듯 어색하게 인사하고 이내 문을 쾅 닫았다. 나는 살짝 기분이 상했다. 그저 사교성이 좀 없는 사람일진대, 앞집 아줌마는 사실 좀 재수가 없다. 엘리베이터 앞에는 우리 집 식구 세 명과 맞은 편 집 식구 세 명이 나란히 고개를 들고 어색한 듯 엘리베이터 숫자판만 보고 있었다. 잠시 어색한 순간이 흐르고 엘리베이터가 우리 앞에 섰다. 그 안에는 출근 복장 차림의 아저씨 한 분과 여교사나 공무원 정도로 보이는 중년의 여자가 이미 타고 있었다. 어느덧 좁은 엘리베이터 안은 이렇게 여덟 명이 들어찼다. 엘리베이터 안 거울로 나는 힐끔 사람들의 면면을 보았다. 모두 출근이나 등교하기 위한 깔끔한 차림이었다. 나만 낡고 빛바랜 트레이닝복을 입고 있었다. 나는 머리도 감지 않아서 머릿결이 기름지고 푸석푸석했다. 이내 그들이 나를 힐끔 바라보는 시선이 느껴졌다. 엘리베이터 문이 다시 열리고 지하주차장으로 통하는 지하 2층에서 모두 내렸다. 일부러 나는 제일 나중에 내렸다. 어제저녁에 머리라도 감고 잘 걸, 나는 잠시 후회를 했다. 나는 얼른 차에 올라 시동을 걸었다. 아들과 아내가 나란히 뒷좌석에 탔다. 언젠가부터 아내는 내 옆 조수석에 타지 않았다. 아내로부터 내가 받아야 할 사랑이 모두 아들에게로 넘어간 지 오래였다. 누굴 탓하겠는가. 그래도 밖에서 돈 벌어 오는 아내에게 나는 불평할 수 없었다. 비굴해도, 남자답지 못해도, 일단은 살고 볼 일이다. 아이는 커 가는데, 그나마 집안에 아내 한 명이라도 돈을 벌어오니 이보다 더 고마운 일이 또 있으랴. 빗줄기가 좀 가늘어졌다. 차 안은 조용했다. 아무도 말을 안 한다. 나는 라디오를 틀었다. 뉴스에서 출근길 교통 상황과 일기 예보가 흘러나왔다. 오전에 비는 그친다고 했다. 아들과 아내를 각각 학교와 지하철역에 내려준 후 나는 곧장 집으로 향했다. 집으로 향하면서 문득 생각했다.

144

'그래, 비가 그친다니 오후에 방파제로 낚시나 가자.' 비 온 후라 어쩌면 입질이 활발해서 이즈음 노릴 수 있는 벵에돔을 잡을 수 있을지도 몰랐다. 벵에돔을 많이 잡아 무거워진 아이스박스를 들고 낑낑대는 장면을 상상하니 나는 순간 행복했다. 바다낚시를 시작한 이후로 사실 난 단 한 마리의 벵에돔도 잡아 보지 못했다. 회사를 퇴사할 즈음 엄습한 불안과 스트레스를 견디기 위해 나는 바다낚시를 시작했다. 물론 핑계였다. 바다가 인접한 지역에 산다는 건 바다낚시를 언제나 할 수 있다는 점에서 일종의 특혜였다. 낚시 방송과 인터넷을 통해 대충 주워들은 낚시 지식으로 바다에 나가 봤지만, 역시나 살아있는 물고기를 잡는 것은 내게 만만하지 않았다. 낚시 방송에서 프로들이 무 뽑듯이 술술 잡아내는 파란 눈과 검은 체색의 벵에돔이 너무 멋있었다. 하지만 내가 그들처럼 하기엔 아직 내공이 많이 부족했다. 하긴 하찮은 물고기들에겐 생사가 걸린 문제인데, 나같이 막 시작한 초짜 낚시꾼에게 호락호락 잡힐 벵에돔은 결코 아니었다. 바다낚시를 제법 한다는 프로 낚시꾼들이 이즈음에 벵에돔 낚시에 몰두하는 이유는 분명 있었다. 이즈음 벵에돔은 산란하기 위해 먹이 활동을 왕성하게 한다. 산란을 위한 공간 확보와 풍부한 먹잇감을 위해 벵에돔들이 갯바위 주변으로 붙는 시기가 바로 지금이다. 꾼들은 이때를 놓치지 않는다. 벵에돔이 가진 특유의 파란 눈과 검은 몸빛 그리고 미끈하게 빠진 유선형의 몸체는 꾼들의 가슴을 설레게 한다. 벵에돔은 가히 꾼들로부터 '바다의 흑기사'란 별명을 얻을 법했다. 게다가 입질을 받으면 벵에돔은 좌우 움직임보다 본능적으로 위아래로 요동쳤다. 낚싯대를 물속으로 꾹꾹 처박게 하는 그 손맛은 일품으로 알려져 있었다. 난 이미 실직 상태고 어차피 시간도 많았다. 서둘러 재취업을 하고 싶지만, 내 마음대로 되지 않을 바에야 이 기회에 본격적으로 바다낚시를 배우기로 일찍부터 나는 마음먹고 있었다. 그간 다녔던 직장 울타리를 벗어나 새로운 일을 시작하려면 뭔가 자신감 회복이 필요하다고 스스로 합리화하고 있었다. 그깟 낚시로 물고기 잡는 것을 뭔가 큰 성취를 해낸 것처럼 나 스스로 합리화하고 있었다. 꽃 중의 꽃은 바로 '자기합리화(花)'라고 누가 말하지 않았던가.

아무도 없는 집에 들어온 후, 나는 먼저 컴퓨터를 켰다. 포털사이트에 로그인하고 이메일을 확인했다. 별 볼 일 없는 광고 메일만 잔뜩 와 있었다. 이어서 즐겨찾기에 등록된 취업 포털사이트에 접속했다. 오늘 등재된 구인 공고를 한눈에 쭉 훑어봤다. 입사 지원할 만한 마땅한 회사가 없었다. 한숨이 나왔다. 하긴 양질의 일자리가 채용 포털사이트에 공개적으로 올라오지 않는다는 걸 나는 물론 잘 알고 있다. 이번엔 낚시 사이트로 마우스 포인터를 옮겼다. 어제 조황을 보니 해운대 너머 청사포 방파제에서 누군가 잡아놓은 눈이 파란 벵에돔 사진을 볼 수 있었다. 나는 살짝 동공이 커졌다. 오늘 아침엔 비가 왔으니 물고기들 경계심이 좀 더 풀어져서 입질이 활발할 것임을 나는 직감했다. 다시 마우스를 움직여 오후 날씨를 확인했다. 날씨가 갠다. 좋아진다. 순간 마음이 급해졌다. 후딱 옷을 갈아입고 창고에 있던 낚시 가방과 소품들을 챙겼다. 양어깨에 낚시 가방과 아이스박스를 메고 양손으로 밑밥통과 구명조끼 그리고 낚시 전용 신발을 들고 나는 현관 밖으로 나갔다. 엘리베이터 버튼을 누르고 지하에서 올라오는 엘리베이터를 기다렸다. 엘리베이터가 9층에 섰다. 문이 열렸다. 마침 안에서 음식물 쓰레기를 버리고 온 듯한 앞집 아줌마와 나는 눈이 마주쳤다. 우린 서로 어색한 눈인사를 했다. 아침 출근 시간에 봤던 재수 없는 그 앞집 아줌마다. 그 아줌마는 생긴 것도 별로인 데다가 인상도 좋지 않았다. 만화영화 아기공룡 둘리에 나오는 인상 더러운 아빠 '고길동'이 여자였다면 꼭 이 아줌마 같았다. '이런 젠장, 하필 이 시간에.' 평일에 한가로이 낚시나 다니는 내 모습을 앞집 아줌마는 어떻게 생각할까를 잠시 생각하니 나는 쓴웃음이 나왔다. '할 수 없지 뭐.' 차에 낚시 장비를 잔뜩 싣고 차를 몰아 해운대 너머 청사포항 방파제에 다다랐다. 물론 오면서 낚시점에 들러 밑밥도 조금 샀다. 차 기름값에 낚시 밑밥까지 돈으로 치면 돈벌이가 없는 나로서는 꽤 큰돈이었다. 명예퇴직금에서 아내 몰래 좀 챙겨 놓은 비자금이 있기에 망정이지, 실업자가 돈까지 없으면 정말 비참해진다. 이 얼마 되지 않은 비자금이 다 떨어지기 전에 새 직장을 구해야 할 건데, 한편으로 마음이 착잡했다. 여차하면 남포동 용두산 공원에 장기나 두러 나가는 어르신들처럼, 아내한테 하루하루 쥐꼬리만 한 용돈을 받고 나도 하릴없이 용두산 공원 근처를 배회해야 하는 상황이 올지도 몰랐다. 차는 이미 낡았고 트렁크에 짐은 가득 실려 있다. 갈 길은 먼데 채워진 기름의 양조차 달랑달랑하다. 내가 타고 있는 이 자동차의 상황이 지금의 내 처지와 별반 다를 게 없었다. 방파제 인근 공터에 차를 세우고 나는 차 트렁크를 열고 주섬주섬 낚시 장비를 하나둘씩 꺼내기 시작했다. 그때 마침 지나가던 젊은 남녀 한 커플이 한심한 듯 힐끗 나를 보았다. 난 아랑곳하지 않았다. 앞집 아줌마와 시선이 마주치는 것은 좀 불편해도 생판 처음 보는 풋내기 젊은것들 시선이야 별로 신경 쓰이지 않았다. 나는 테트라포드 방파제에 낚시 짐을 잔뜩 쥔 채 올라섰다. 눈앞에 쭉 뻗은 청사포 흰 등대와 파란 바다가 펼쳐졌다. 기분이 상쾌했다. 두리번거리다가 평평한 발판이 있는 곳으로 포인트를 정하고 조심스레 내려갔다. 비가 온 뒤라 젖어 있는 테트라포드는 매우 미끄러웠다. 나는 조심조심 내려가서 적당한 위치에 낚시 장비를 놓고 낚싯대를 펼쳤다. 비 온 뒤지만, 약 백여 미터나 되는 긴 방파제에 나 같은 실업자 꾼들이 군데군데 포진해 있었다. 이 사람들도 나처럼 인터넷 낚시 포털사이트에 누군가 잡아 올렸던 벵에돔 사진을 봤으리라. 저마다 대물을 잡아 올리는 상상을 하겠지. 서로 말 한마디 섞지 않았지만, 나는 군데군데 포진해 있는 꾼들과 묘한 경쟁의식을 느꼈다. 해 질 무렵 모두 철수할 때 즈음이면 승부가 판가름 난다. 잡고자 하는

148

대상 어종인 벵에돔을 잡은 사람은 철수할 때 그들의 행동에서 묘하게 표가 나기 마련이다. 이를테면 승자의 여유랄까. 남들보다 일찍 자리를 정리하고 여유롭게 머문 자리를 깔끔히 청소하는 장면이나 잡은 고기를 활어 상태로 유지하기 위해 두레박으로 연신 물을 퍼서 아이스박스에 붓는 등의 행위를 보면 그 꾼의 그날의 조황을 쉽게 파악할 수 있다. 승자의 여유란 그런 것이었다. 본인이 티를 안 내도 누구나 금세 알아차릴 수 있는 것과 마찬가지라고 할까. 하등 필요 없는 자존심이 이런 상황에서 나타나다니 순간 나 자신이 한심스러웠다. 이내 잡념을 지우고 나는 서둘러 낚시채비를 만들었다. 적당히 물을 섞어 밑밥 배합을 완성한 후 시험 삼아 밑밥을 한 주걱 말아 바다로 던져봤다. 점도가 잘 맞았다. 수면에 떨어진 밑밥 덩어리는 곧 풀어 헤쳐져 물빛을 흐렸다. 이때 물 위에 떨어진 밑밥 냄새를 맡고 어디선가 새까맣게 잡어들이 피어올랐다. 마치 양어장을 연상시켰다. 장마철 즈음 연안에서 이제 막 성장을 시작하는 새끼 전갱이, 일명 '매가리'다. 밑밥이 떨어지는 곳마다 새끼손가락 크기의 매가리 무리가 밑밥 냄새를 맡고 새까맣게 피어올랐다. 이들을 징검다리 삼아 밟고 바다를 건널 수도 있을 것처럼 많았다. 내 미끼가 안전하게 살아서 이 많은 매가리 층을 뚫어야 원하는 대상어인 벵에돔의 입질을 받을 수 있다. 분명 벵에돔은 이러한 잡어들과 함께 다니지만, 화이부동(和而不同), 그들과 같은 수심층에서 먹이 활동은 하지 않는 것은 꾼으로서 상식이다. 선비는 상놈과 겸상을 하지 않는다고나 할까. 꼴에 돔이라고 참 우습다. 표층에서 노니는 매가리 군집을 뚫고 수심 더 깊이 내려오는 먹잇감에만 벵에돔은 고상한 척 슬쩍 입질할 뿐이다. 태어날 때부터 왕후장상의 씨가 따로 있었다. 한번 매가리로 태어나면 절대 운명을 바꿀 수 없다. 매가리가 제아무리 벵에돔이 되고자 노력해도 그의 멋진 검은 비늘과 오팔 아이(opal eye)라 불리는 파란 눈을 가질 수 없다.

낚시채비를 만들고 나는 첫 캐스팅을 했다. 내가 던진 낚시찌는 수면 위에 안착하자마자 쑤~욱 하고 물밑으로 잠겼다. 입질이었다. 이때 챔질. 탈탈거리며 낚싯바늘에 걸려 올라온 물고기는 새끼손가락만 한 그 매가리였다. '에이~' 하고 실망하며 나는 잡자마자 방생했다. 손가락만 한 매가리가 성장하여 손바닥 치수가 되면 전갱이로 불린다. 전갱이나 매가리는 이름만 다를 뿐, 분명 같은 물고기다. 명태가 동태, 생태, 황태처럼 다양하게 불리는 것처럼 말이다. 같은 물고기라도 크기가 작아서 경상도 사투리로 낚시꾼들은 전갱이를 매가리라고 불렀다. 전갱이는 주부들에겐 고급 반찬거리라도 되지만, 매가리는 꾼들에겐 귀찮은 잡어일 뿐이었다. 너무 흔하기 때문이었다. 역시 쉽게 얻을 수 있는 건 매력이 없었다. 잡아도 누구에겐가 자랑할 수 없었다. 낚시꾼들은 그날의 포획물을 누군가에게 자랑해야 했다. 자신의 마초성을 어디에라도 과시해야 했다. 인터넷 낚시 포털사이트 '오늘의 조황' 메뉴의 조회 수가 유달리 높은 것도 이런 이유라고 나는 생각한다. 바늘에 걸린 매가리를 털어내고 나는 다시 미끼를 바늘에 끼워 두 번째 캐스팅을 했다. 곧바로 찌가 쑤~욱 잠겼다. 역시 매가리. 세 번째 네 번째 다섯 번째 캐스팅 모두 매가리다. 그들의 성화에서 벗어날 수가 없었다. 이후 나는 줄곧 매가리와 씨름을 하였다. 더는 시간 낭비라 생각하여 나는 장비를 정리하여 철수 길에 올랐다. 석축에 올라 긴 방파제를 훑어봤다. 같이 낚시를 한 십수 명의 꾼들도 큰 성과가 없는 듯, 하나둘씩 짐을 꾸리고 있었다. 조심조심 방파제에서 빠져나와 짐을 챙겨 주차장으로 내려왔다. 나는 차 트렁크에 낚시 짐을 싣고 시동을 걸었다. 룸미러를 보면서 모자에 눌린 머리칼을 다듬었다. 운전대를 잡고 청사포항을 빠져나왔다. 방파제 끝에 위엄 있게 선 흰 등대가 나를 비웃고 있는 것 같았다. 커다랗게 우뚝 솟은 흰 등대의 위용과 기껏 하찮은 매가리와 씨름한 초라한 내 모습이 묘하게 대조되었다.

　퇴근 시간이라 차가 많이 막혔다. 꼬리에 꼬리를 문 차들을 보면서 저들은 어디를 그렇게 다녀오는지 궁금했다. 대부분 일터에서 하루 업무를 마치고 귀가하는 길이라 생각하니 한편 부럽기도 했다. 시내에 이렇게 많은 건물과 사무실이 있는데 왜 내가 머무를 직장은 한 군데도 없는 것일까 하는 자괴감이 밀려왔다. 그 실망감과 자괴감도 잠시, 어느새 우리 집 아파트 입구에 도착했다. 주차장 한구석에 차를 주차하고 트렁크에 담긴 낚시 장비들을 그대로 둔 채, 나는 차에서 몸만 내렸다. 굳이 낚시 다녀온 것을 아내에게 표 내기 싫었다. 집 현관 초인종을 누르지 않고 나는 비밀번호를 눌러 문을 열고 집 안으로 들어갔다. 안방에서 아들과 아내가 TV 오락 프로그램을 틀어 놓은 채 깔깔거리며 피자를 먹고 있었다. 아내가 한 손으로 피클을 집어 먹는 순간 나와 눈이 마주쳤다.

- 어, 남편 왔네. 저녁 먹었어?

형식적인 아내의 멘트였다. 내가 저녁을 안 먹었어도 어차피 아내는 내게 밥을 차려주지 않는다. 내가 아내로부터 밥을 얻어 먹을 수 있는 건 아들이 배고플 때 뿐이었다.

- 아니.

- 피자 좀 먹을래? 저녁 먹고 오는 줄 알고. 미리 연락 좀 하지.

- 됐어. 마저 먹어. 저녁은 내가 알아서 먹을게.

어차피 피자는 한 조각 밖에 남아 있지 않았다. 내게 슬며시 눈인사한 아들이 남은 피자 한 조각을 막 집어 들고 있었다. 처음부터 내 것은 없었다. 아내는 어디 갔다 왔냐고 내게 묻지도 않은 채 TV 화면에만 몰두했다. 나는 낚시 안 다녀온 듯, 재빨리 화장실로 가서 손과 얼굴을 비누로 깨끗이 씻어 몸에 밴 비린내를 없앴다. 모자로 눌린 머리칼도 물을 묻혀 대충 다듬었다. 낚시 다녀온 흔적은 이제 완벽히 지워졌다. 나는 부엌으로 가서 냉장고를 열었다. 언제부터 그 안에 있었는지 모를 군만두를 꺼내어 나는 전자레인지에 데우지도 않은 채 우걱우걱 씹어

먹었다. 안방에선 TV를 보고 있던 아내와 아들의 폭소가 들렸다. TV 예능 프로그램에서 누군가 웃긴 대사를 날린 모양이다. 알고 보니 유재석이었다. 요즘 방송인 유재석은 과연 대세 연예인이었다. 그는 과하지도, 모자라지도 않게 중용을 추구하며 벌어진 상황마다 핵심을 짚어내는 그런 능력이 탁월했다. 대충 끼니를 때우고 나도 좀 끼워주라는 식으로 안방으로 들어갔다. 아들 옆에 슬그머니 앉아 나는 아들에게 말을 건넸다.

　　- 아까 왜 웃었는데?

　　- 아이 몰라, 설명하려면 길어, 그냥 봐.

　　- 피자 맛있었어?

　　- 응.

　　나는 머쓱해졌다. 언제부터인가 아들과 아내는 나를 그림자처럼 취급했다. 내가 없어도 그들은 살아가는 데 아무 지장이 없어 보였다. 그래도 회사 다닐 땐 제법 똑똑한 직원들도 날 어려워했고 내 눈치도 슬금슬금 보고 그랬는데, 열두 살 밖에 안 된 저 꼬맹이는 아빠인 나를 친구보다도 더 쉽게 대했다. 더구나 같이 모시고 사는 저 여인은 정말 도저히 내가 이길 수 없는 강적이었다. 회사 다닐 때 어지간한 상사보다 아내가 대하기 훨씬 어려운 상대임이 틀림없었다. 한자리에 끼지 못하고 나는 결국 건넌방으로 내몰렸다. 나는 컴퓨터 앞에 앉았다. 취업 포털 사이트를 열었다. 이미 등록해 놓은 내 이력서의 업무 내용과 부합하는 공고가 수십 건 걸려 있었다. 그것들을 하나하나 열어 나는 막무가내로 입사 지원 버튼을 눌렀다. 이미 내 기본 이력서와 자기소개서가 취업 포털사이트에 등록되어 있으니 입사 지원할 때마다 일일이 신상 명세와 자기소개서를 적을 필요가 없었다. 클릭, 클릭, 수십 개의 회사에 수십 번 동일하게 입사 지원을 했다. 이제 한 회사마다 정성 들여 그 회사의 요구에 맞게 자기소개서와 경력기술서를 쓰는 것도 나는 귀찮아졌다. 그간 수백 번을 그렇게 했었다. 그때마다 입사는커녕, 면접 제의조차 없었다. 이렇게 성의 없는 '묻지 마 지원'을 하니 어차피 연락은 없을 것이다. 특출한 전문직이 아닌 그저 그런 경력을 쌓아 온 사십 대 중년을 위한 일자리는 보험회사 영업사원 외엔 없었다. 그렇게 막무가내식 입사 지원이라도 하고 나면 나는 뭔가 지푸라기라도 잡고 있다는 거짓 안심이 되곤 했다. 파란 눈과 멋진 비늘을 가진 벵에돔으로 태어나지 못하고 흔해빠진 매가리로 태어난 것이 죄라면 죄였다. 얼른 성장하고 살이 쪄서 전갱이라도 되어 가족을 위해 밥상에 오를 수만 있어도 그나마 다행이다.

기분 전환을 위해 나는 취업 사이트에서 빠져나와 낚시 포털사이트에 접속했다. 개인 조황 메뉴를 열었다. 오늘 조황을 클릭했다. 게시판엔 누군가 벌써 벵에돔을 잡은 사진이 올라와 있었다. 약 35cm 정도의 검푸른 벵에돔을 두 손으로 들고 승자의 여유인 듯 엄지손가락을 치켜든 채 미소를 짓고 있는 사진이었다. 사진 배경을 보니 오늘 내가 낚시를 한 바로 그 청사포 방파제였다. 청사포의 흰 등대 모습이 선명했다. 오늘 난 매가리 치어들에 치여 뱅에돔 구경도 못 했지만, 그 와중에 누군가는 대상어를 잡는 사람이 있었다. 그 사진 주인에게 나는 묘한 질투심이 났다.

또 하루가 지났다. 아내가 출근하고 아이가 등교한 후, 빈집에서 으레 그렇듯 나는 컴퓨터 앞에 앉았다. 습관적으로 이메일을 열었다. 오늘은 웬일인지 면접 제의 메일이 몇 통 와 있었다. 적은 기본급에 판매 수당으로 먹고살아야 하는 보일러 판매 사원 자리가 하나였고, 다른 하나는 의료용 건강 보조 기구를 판매하는 자리였는데 아무래도 다단계 회사 같았다. 이름을 처음 들어보는 회사에 선뜻 지원하고 싶지 않았다. 더구나 두 곳 모두 기간제 비정규직이었다. 낚시 대상어로 치면 그 일자리는 누구에게나 환영받지 못하는 영락없는 매가리였다. 찬밥 더운 밥 가릴 처지는 아니라지만, 그런 매가리 같은 일자리라도 잡아야 하는 내 처지가 한심했다. 입사 지원 여부 회신은 하지 않은 채 나는 일단 로그아웃했다. 실망감에 나는 또 낚시를 가야겠다는 생각이 들었다. 오늘은 마치 화투판에서라면 '삼팔 광땡'을 잡을 수 있을 것 같은 묘한 기분이 들었다. 한낱 미물인 물고기조차 날 무시하는 것 같아 괜한 오기도 생겼다. 나는 서둘러 옷을 챙겨 입고 다시 문밖으로 나섰다. 현관문을 열기 전 먼저 인터폰으로 문밖 동태를 살폈다. 앞집 아줌마가 없었다. 앞집 아줌마와 마주치지 않기 위해 나는 재빨리 문을 열어 엘리베이터도 타지 않고 계단으로 허겁지겁 주차장까지 뛰어 내려왔다. 실업은 나의 인간관계까지도 이렇듯 위축시키고 있었다. 차를 몰고 나는 다시 청사포 방파제에 섰다. 신방파제 흰 등대가 오늘도 나를 반겼다. 방파제 주위 여기저기서 낚시를 하는 아저씨들이 보였다. 평일 낮에 낚싯대를 드리운 걸 보니 그들도 나와 신세가 같을 것이라고 생각했다. 장비를 대충 챙기고 나는 낚시를 시작했다. 빵가루를 섞은 밑밥을 한 주걱 비벼 던지니 징검다리처럼 한 무리의 매가리가 던져진 밑밥을 먹기 위해 쑤~욱 하고 떠올랐다. 어제와 상황이 같았다. 이윽고 내가 던진 낚시찌가 시나브로 물에 잠겼다. 입질이었다. 곧바로 챔질, 역시 손가락만 한 매가리가 바늘에 걸려 탈탈거리며 올라왔다. 어제 그랬던 것처럼 또다시 그 매가리를 바닷물 속으로 패대기칠까 하다가 나는 매가리 얼굴을 보았다. 매가리는 입을 쩍 벌린 채 뻐끔거리며 나를 비웃고 있었다. 잡고 놓아 주고를 그렇게 수십 번 반복하다가 따가운 햇살에 난 점점 지치기 시작했다. 어느덧 해는 뉘엿뉘엿 서쪽으로 넘어가고 있었다. 기다리는 벵에돔은 오늘도 내게 얼굴을 보여줄 것 같지 않았다. 방파제에 털썩 주저앉아 나는 가져온 물을 한 잔 마셨다. 쉬면서 잠시 생각에 잠겼다. 오늘은 그냥 갈 수 없었다. 이거라도 잔뜩 잡아 구워 먹어야겠다고 나는 생각했다. 그러고 벌떡 일어서서 낚시채비 찌 매듭을 매가리 수심 층으로 맞추고 나는 아예 본격적으로 매가리를 잡기 시작했다. 한 마리 두 마리 세 마리 네 마리……. 마음먹고 시작한 매가리 낚시는 식은 죽 먹기였다. 한 마리 두 마리가 모여 이내 수십 마리가 되었다. 가져온 아이스박스 바닥이 금세 손가락 크기의 매가리로 채워졌다. 소 잡는 칼을 들고 기껏 병아리 몇 마리 잡은 꼴이라 꾼으로서 영 자존심이 상했다. 그래도 오늘은 이놈들을 장만 후 구워서 반찬거리도 하고, 안주 삼아 소주도 한잔해야겠다고 마음먹으니 한결 마음이 편해졌다. 그렇게 수십 마리를 잡고 철수하여 어느새 집에 도착했다. 양손 가득 낚시 장비와 매가리가 담긴 아이스박스를 들고 나는 다시 엘리베이터 앞에 섰다. 오늘은 제발 앞집 아줌마와 마주치지 말기를 원했다. '띵' 하는 소리와 함께 엘리베이터 문이 열렸다. 다행히 아무도 없었다. 그런데 누군가 엘리베이터 바닥에 음식물 쓰레기 국물을 흘렸는지 엘리베이터 안은 역한 음식물 쓰레기 냄새로 가득했다. 오늘 낚시한 내 몸에서 나는 비릿한 냄새와 비슷했다. 밀폐된 공간에서 견디기 힘든 역겨운 음식물 쓰레기 냄새였다. 엘리베이터는 곧 9층에 섰고 문이 열렸다. 하필 이때 앞집 아줌마가 1층으로 내려가기 위해 내 맞은편에서 엘리베이터를 기다리고 있었다. 짧은 탄식도 잠깐, 서로 어색한 눈인사가 이어졌다. 낚시를 마친 후 필연적으로 몸에 밴 비릿한 냄새도 냄새거니와 대여섯 시간 동안 바다에서 고생한 흔적이 역력한 후줄근한 내 외모는 이날 따라 최악이었다. 서로 눈인사 후, 그 찰나의 순간에 내 전신을 스캔하는 아줌마의 눈알 굴림소리를 나는 또렷이 들을 수 있었다. 아줌마는 '이 사람 평일에 도대체 뭐지?'라는 기분 나쁜 감정을 가득 싣고 있는 것 같았다. 엘리베이터를 나오고 들어가는 그 짧은 순간 아줌마는 자신의 코를 잡았다. 이어지는 아줌마의 불쾌한 찡그림, 엘리베이터 안 음식물 쓰레기 국물 흘린 불쾌한 냄새의 원인이 내가 아님을 나는 말하고 싶었지만, 이내 엘리베이터 문은 닫혔다. 난 영락없이 그 역한 냄새의 주범으로 몰리게 되었다. 증거는 없지만, 밀폐된 공간에서 영락없이 방귀쟁이로 몰린 심정이었다. '아 짜증나.' 할 수 없었다. 대문 비밀번호를 누르고 나는 살며시 집 안으로 들어갔다. 부엌에서 아내가 설거지하면서 아무 말 없이 나를 쳐다봤다. 실업자가 집안일 좀 안 하고 이 시간까지 어디 가서 뭐하냐고 그 눈빛은 말없이 내게 말하고 있었다. 화가 나면 아내는 내내 침묵으로 일관하곤 했다. 오늘 비로소 그 공포의 침묵이 시작되었다. 세상 누구보다 제일 무서운 사람이 바로 아내다. 특히 말이 없을 때가 더 그렇다. 아내는 저녁 내내 말이 없었다. 나에 대해 뭔가 심기가 불편함을 아내는 말없이 말하고 있었다. 경험상 지금 내가 화친을 제의하면 오히려 역효과가 나곤 했다. 일단 오늘은 무사히 넘기고 내일 이맘때 내가 직접 만든 매가리구이라도 들이밀며 아내에 대해 충성 맹세를 하면 분위기가 조금 풀어지리라, 일단 일보 후퇴. 이럴 때면 눈치 빠른 아들은 항상 엄마 편이었다. 아내와 아들은 저녁을 먹은 뒤 내겐 말 한마디도 건네지 않은 채 나란히 TV를 보기 시작했다. 또 집안에서 나는 그림자가 되었다. 얼른 낚시 장비와 잡아 온 고기가 들어있는 아이스박스를 나는 창고에 처박아두었다. 내일 오전 아내가 출근하고 아들이 등교한 후 잡아 온 매가리를 나 혼자 깔끔하게 손질해야겠다고 생각했다. 아무래도 지금은 때가 아닌 듯했다.

다음날이 밝았다. 여명이 창문에 비친 지 얼마나 되었을까. 부엌에서 달그락거리는 소리가 들렸다. 이어 냉장고 문 여는 소리, 카세트 플레이어에서 나오는 영어 동화 소리, 전자레인지 돌아가는 소리, 아들이 화장실로 향하는 발소리 그리고 좀 있다가 아내와 아들이 현관문 열고 문밖으로 나가는 소리가 들렸다. 그때까지 난 그저 이불 속에 멍하니 누워 애먼 천장만 무심히 바라보고 있었다. 일어나야 할 텐데, 일어나도 마땅히 갈 곳도 없고 할 일도 없었다. 아내와 아들이 나가고 한참이 지나서 나는 겨우 몸을 뒤척이며 일어났다. 어제 창고에 처박아 둔 아이스박스에서 매가리를 꺼냈다. 나는 싱크대에 매가리를 모두 붓고 한 마리씩 손질하기 시작했다. 대가리를 잘라내고 내장을 발라냈다. 몸통 위아래로 두 번씩 칼집을 냈다. 손질한 매가리를 깨끗이 씻은 후 소금을 조금 뿌렸다. 매가리라서 크기는 좀 작지만, 프라이팬에 잘 구워 놓으면 한 마리가 그래도 한 입 거리는 될 것 같았다. 고추장을 좀 발라 구우면 소주 안주뿐 아니라 저녁 반찬거리로도 충분할 것 같았다. 언젠가 충청도 근처 고속도로 휴게소에서 먹었던 빙어 도리뱅뱅이가 생각났다. 고추장을 발라 잘 구운 빙어를 동심원 모양으로 가지런히 접시에 담아낸 요리를 그곳 상인들은 도리뱅뱅이라 불렀다. 그것처럼 고추장 양념을 잘 발라 매가리를 구워서 나는 큰 접시에 빙어 도리뱅뱅이 마냥 꽃처럼 장식했다. 잡아 온 매가리 양이 많아서 도리뱅뱅이 두 접시가 나왔다. 아내와 아이가 좋아할 것 같았다. 어쩌면 오랜만에 아빠로서 남편으로서 존재감을 세울 수 있는 작은 기회였다. 아들과 아내가 좋아할 것을 상상하니 기분이 좋았다. 나는 소주 한 병과 함께 혼자서 순식간에 도리뱅뱅이 반 접시를 해치웠다. 고추장이 잘 발려 구운 새끼 매가리 맛은 고소했다. 낚시꾼들에게 애물단지인 매가리지만, 고추장 양념을 발라 잘 구워 놓으니 그 맛은 일품이었다. 대낮부터 혼자 마시는 소주 맛도 좋았다. 술이 모자랐다. 나는 냉장고를 뒤졌다. 아내가 요리할 때 쓰는 적포도주가 반병 남아있었다. 물 마시는 컵에 그 포도주를 한 잔 가득 부어 잘 구워진 매가리구이와 함께 그 술도 나는 벌컥벌컥 마셨다. 소주 한 병과 와인 한 컵을 마시니 나는 금세 취기가 돌았다. 나는 나도 모르게 긴 한숨을 쉬었다. 섞어 마신 술 냄새가 입 주변에 진동했다. 앞으로 어떻게 살아야 하는지 나는 곰곰이 생각했다. 아무리 생각해도 역시 내게 답은 없었다. 스물 댓 살부터 지난 이십 년 넘도록 해답을 찾지 못한 영원한 숙제였다. 취기가 오른 나는 책상으로 다가가 컴퓨터를 켰다. 포털사이트에 로그인했다. 어제 내게 면접 제의가 온 메일 중 하나를 열었다. 새로 생긴 회사인지, 처음 들어보는 보일러 회사에 판매사원 면접에 응하겠노라고 짧게 글을 쓰고 나는 회신 버튼을 눌렀다. 애초부터 나는 뱅에돔이 될 수 없었다. 이제부터라도 매가리로서 사는 법을 터득해야만 했다. 낚시꾼에게 잡히지 않고 이 험난한 바다에서 어쨌든 살아남아 살이 통통하게 오른 전갱이로 성장하여 아내와 아들을 위해 장렬하게 밥상 위에 올라야 한다고 나는 생각했다. 컴퓨터를 켜 둔 채, 나는 다시 식탁으로 돌아왔다. 남아 있는 와인을 글라스에 한 잔 더 부었다. 그리고 마저 벌컥벌컥 들이켰다. 검붉은 와인이 시원하게 내 목구멍으로 넘어갔다. 잘 구워진 매가리구이는 아직 많이 남아 있었다. 아파트 옆 동을 겨우 넘은 아침 햇살이 이제야 우리 집 마루를 밝게 비췄다.

굿바이,
리만 브러더스

'리먼 브러더스(Lehman Brothers)' 사태의 파장은 대단했다. 우리 팀 이 대리는 우스갯소리로 이명박 대통령의 성 '이'와 강만수 경제부총리의 이름 '만'자를 따서 그들이 몰고 온 폭풍이라고 말했다. 이 대단했던 이명박과 강만수 형제(Brothers) 사건으로 우리 회사는 구조 조정이라는 후폭풍을 맞이해야 했다. 안 그래도 실적 문제로 뒤숭숭했던 시기였다. 작년 가을에 이미 우리 팀 박 팀장이 자의 반 타의 반으로 퇴사한 것도 그와 무관하지 않았다. 팀 실적이 안 좋은 것으로 말하자면, 우리 팀은 매년 최저 기록을 갈아 치우고 있었다. 더 아래로 내려갈 곳도 없었다. 박 팀장이 앉았던 그 책상 자리는 참 기가 센 자리라고 나는 생각했다. 저 자리에 앉았던 사람은 자의든 타의든 채 일 년을 버티지 못했다. 박 팀장 전임자였던 성 부장님도 마찬가지였다. 그 책상 아래로 마치 좋지 않은 수맥이라도 흐르는 것 같았다. 고사라도 지내야 하나, 최근 왜 이렇게 팀 성적이 안 좋은가 했더니 역시 원인은 미국발(發) 복병 리먼 브라더스 사태였다. 우리 팀원은 모두 그렇게 믿고 있었다. 달리 원인을 찾기 힘들었다. 노무현 대통령 임기 때, 뭐든 일이 꼬이면 '이게 다 노무현 때문이야'라고 말했던 것과 유사했다. 요즘 직장 생활이 어려운 건 역시 '리만' 형제분들처럼 위에 계시는 분들이 한몫을 했다. 나는 그냥 그렇게 믿고 싶었다. 어쨌든 내 탓은 아니라고 위로라도 받고 싶었는지 모른다.

한동안 공석으로 남아있던 박 팀장님 책상에 이제 얼떨결에 내가 앉게 되었다. 나이나 입사 연차로 치면 당연한 순서였다. 리먼 브러더스 사태가 터진 후, 본부장이 후임 팀장으로 대뜸 나를 지목했다. '어차피 공석이었는데 팀장 자리 그대로 공석으로 두면 안 됩니까?'라고 말하고 싶은 욕구가 나는 목구멍까지 치밀어 올랐다. 본부장도 우리 팀 팀장 적임자를 이리저리 물색했으리라. 분명 팀 성적이 고꾸라지고 있는 팀에 아무도 우리 팀 팀장으로 오기 싫어했음이 자명했다. 누군들 이 불난 집에 가스통을 짊어지고 들어오고 싶었을까. 본부장은 그날 천연덕스럽게 내게 말했다. "옛말에 재(財)는 숨기고 관(官)은 드러내라고 하지 않았나. 자리가 사람을 만드는 법이야. 위기를 기회로 알고 암튼 잘 해봐." 그 말을 남기고 본부장은 홀연히 사라졌다. 본부장의 그 말투는 분명 '축하한다, 잘 해봐'의 뉘앙스는 절대 아니었다. 본부장의 그 말이 나에겐 마치 이렇게 들렸다. '그 자리에 앉았으니 너도 이제 퇴사를 준비해야 할 걸?' 본부장이 내게 그렇게 통보한 후, 채 한 시간도 안 되어 인사팀은 사내 전체 공지로 내게 팀장 발령을 냈다. 인사팀에서는 맡을 사람도 없었는데 마침 잘됐다 싶은 꼴이었다. 내게 다가온 팀장 발령은 난데없이 목에 오라를 진 꼴이었다. 발령이 난 이후, 나는 결국 박 팀장 책상에 앉게 되었다. 눈치 빠른 이 대리가 재빠르게 내 짐을 챙겨 박 팀장 책상으로 옮겨 주며 내게 말했다.

"팀장님, 축하드려요. 오늘 회식해야겠네요?"

이 대리의 말투도 축하한다는 의미가 전혀 아니었다. 얄미운 이 대리. 이렇게 팀장이 되고 자리를 옮기는 데 채 십 분도 걸리지 않았다. 이 회사에서 팀장이 된다는 건 그저 부담을 떠안아야 하는 것 외에 다른 의미는 없었다. 우선 결재 서류에 도장을 한 칸 더 옆으로 옮겨 찍어야 했다. 또한, 팀장이란 팀원들과 같이 술자리를 해도 일차 이후에는 알아서 사라져야만 했다. 그동안 같이 동고동락했던 팀원들과 보이지 않는 벽이 생기는 순간이기도 했다. 하지만 인생사 다 손바닥 뒤집기라고 하지 않았던가. 팀장이 되었다는 사실이 좋은 점도 있었다. 리먼 브라더스 사태가 발생한 직후, 나의 발령은 이번 구조조정 조직 개편에서 '넌 빼줄게'를 의미하는 본부장의 강력한 메시지일 수도 있다.

말이 조직 개편이지 이번 개편은 완전한 조직 축소이자 인원 구조 조정이었다.

팀장이 된 다음 날, 본부장은 곧바로 팀장 회의를 소집하였다. 그 회의에서 본부장은 역시나 각 팀에서 이번 인원 구조조정에 퇴사시켜야 할 직원 수를 팀별로 할당해 주었다. 우리 팀도 예외가 아니었다. 이것이 팀장으로서 할당받은 나의 첫 미션이었다. 작년 가을 박 팀장 퇴사에도 불구하고 이번 개편에서도 우리 팀에게 내려진 퇴사 할당 인원은 무려 두 명이나 되었다. 우리 팀은 매년 최저점을 찍어 온 실적 부진의 책임을 져야 할 처지였다. 본부장은 내게 미안했던지 회의실을 나가면서 '이 팀장, 너만 믿는다'라고 나를 격려했다. 팀장 완장을 찬 나는 일제 강점기 시절 일본 순사가 된 기분이었다. '할당'이란 말은 회사에서 쓰는 단어 중 내가 가장 듣기 싫은 단어였다. 할당은 배분이라는 긍정의 의미보다 당연히 해야 하는 '강제'와도 같았다. 할당량을 채워도 능력을 인정받을 수 없었다. 그건 그저 기본이었다. 반면, 실적이든 뭐든 회사에서 강제로 주어진 할당량을 채우지 못하면 그냥 조직 내에서 바보가 되었다. 달성해도 본전, 못 하면 바보가 되는 이런 딜레마의 상황이 곧 할당이었다. 매출액이든 퇴사 대상자 선발이든, 할당이란 그 양을 채우지 못하면 누군가가 그 남아있는 몫을 대신 짊어져야 했다. 각 팀에게 할당량 미달성은 타 팀에겐 곧 민폐였다.

팀장이 된 다음 날부터 나는 팀원들에게 말 못 할 고민에 빠졌다. 이 시점에서 과연 나는 우리 팀 누구를 퇴사시킬 것인가. 물론 팀장인 나는 그들의 자의적 퇴사를 유도해야만 했다. '너 나가'라고 냉정하게 지목이라도 할라치면, 심사 꼬인 직원이 퇴사 후 해코지를 할 수도 있는 노릇이었다. 그 해코지란 고용노동부에 부당해고라는 제목으로 이메일 민원 한 통이면 끝나는 간단한 것이었다. 하지만 그 간단한 행위 하나의 파장은 회사를 강력하게 흔들기 충분했다. 회사는 그런 곤란한 상황을 아주 많이 경계했다. 그 틈을 조율하기 위해 본부장은 나를 팀장으로 앉힌 게 틀림없었다. 팀장이란 명칭은 허울은 좋지만, 그런 애매한 일을 시키기에 딱 좋은 자리였다.

나는 혼자 회의실에 앉아 몇 안 되는 팀원들을 일일이 떠올렸다. 먼저 이 대리. 입 가볍고 말 많은 젊은 직원이다. 명문대학 출신으로 자존감도 꽤 높은 놈이다. 사내 정보통이기도 하다. 이 대리의 유창한 입심과 친화력은 어느 부서 누구와도 쉽게 업무 협조를 가능하게 한다. 이 대리의 비공식 정보력을 통해 우리 팀은 사내에서 결코 고립되지 않는다. 일개 대리의 역할로서 그것만으로도 충분하다. 팀을 운영하는 팀장으로서 팀에 저런 놈 한 놈은 분명 필요하다. 뭐 단점도 있다. 요즘 젊은 아이들처럼 아주 많이 개인주의적 성향을 가졌다. 공동생활에 어쩌면 부적합한 친구일 수 있겠으나, 자기 일은 또 알아서 척척 해낸다. 회사를 위하는 척하면서도 자기 잇속은 확실히 챙긴다. 그렇다고 이 대리에게 뭐라고 딱히 지적할 만한 상황도 별로 없었다. 자기 것을 너무 잘 챙겨서 가끔 좀 얄미울 때가 있다. 내가 지금 이 대리를 질투하고 있는지도 모르겠다. 암튼 좀 묘한 놈이다. 업무력은 A. 우리 팀에 저런 놈 한 명 있어서 절대 나쁠 건 없다. 그런 이 대리를 강제 퇴사 시켰을 때 그는 그냥 곱게 나갈 놈이 아니다. 상황이 위급해지면 같이 죽자는 식으로 회사 노조 뒤에 숨을 것이 뻔하다. 노조가 끼면 회사로서 일이 복잡해진다. 소리소문없이 끝내는 것이 이번에 팀장에게 주어진 임무다. 어쨌든 이 대리는 이번 조직 축소 대상자로 삼기에 뜨거운 감자가 틀림없다.

다음은 만식이 형, 직급은 겨우 대리지만, 나이가 나보다 더 많다. 고졸 출신이다. 이름은 노만식. 난 그를 노대리가 아닌 형님이라 부른다. 퇴사 권유하기 정말 껄끄러운 상대다. 나와 벌써 한 팀에서 사 년째 동고동락하고 있다. 학력 콤플렉스 때문에 팀 내에서 자진하여 궂은일을 마다하지 않는 형이다. 업무가 힘들 때마다 같이 낚시도 다닌 지 벌써 몇 년째인가, 형수님이 끓여주시는 도다리 매운탕 맛은 아직도 잊을 수가 없다. 형님 아들 현식이와 딸 현정이도 나를 아주 좋아한다. 현식이와 현정이는 아빠에 대한 자부심이 대단하다. 내가 무슨 권리로 그 단란한 가정에 파문을 일으킬 수 있단 말인가. 이 시점은 분명 공과 사를 구분해야 하는 시기다. 하지만 형님만은 내가 절대로 함부로 할 수 없다. 형님만의 아우라가 있다. 동네 어귀에 자리 잡고 있는 수백 년 묵은 느티나무를 함부로 자를 수 있을까? 형님은 우리 팀에 그런 느티나무와 같다. 그런 나무를 단칼에 베는 건 뭔가 찜찜하다. 일단 형님의 업무 능력은 B 정도.

또 다음은 주희 씨. 여사원인데 팀에 여직원 한 명 정도는 꼭 있어야 한다. 주희가 없다면 그 많은 비용 전표를 일일이 내가 다 쳐야 할지도 모른다. 안 그래도 머리 아픈 업무가 태산 같은데, 실적과 직접 관련 없는 비용 전표 따위에 누구든 시간을 할애할 수 없다. 하지만 그녀에게도 약점이 있다. 바로 임신 초기라는 점이다. 아직 배는 많이 부풀어 오르지 않았다. 임신을 핑계로 퇴사시키기에 명분은 딱 좋다. 뭐 주희가 그다지 페미니스트 성향은 없어서 퇴사 권유에도 그리 큰 반발심은 없을 것 같기는 하다. 하지만 역시 여직원 없으면 남은 직원들이 잡무에 너무 시달릴 것 같다. 팀장은 자고로 구조 조정 후 우리 팀에 미칠 파급력을 잘 봐야 한다. 경리로서 주희 씨 퇴사 후 그녀가 했던 업무를 대신할 직원들의 사기도 고려해야 한다. 개인적 성향을 가진 이 대리가 단말기 앞에서 하루 종일 시답잖은 비용 전표나 치고 있을 사람인가, 그렇다고 만식이 형한테 그런 일 시키기도 이젠 너무 미안하다. 이미 너무 많은 팀 내 잡무를 맡고 있기 때문이다. 고졸 출신이라고 사람 무시한다는 뒷말을 듣기 딱 좋다. 그렇다고 팀의 주력 재원 김 과장에게 시킬 수도 없다. 타석에 나가면 홈런을 칠 수 있는 타자에게 볼 보이(ball boy)를 시킬 수는 없지 않은가. 그럼 이 나이에 내가 하리? 아무래도 주희 씨도 퇴사시키기 만만치 않다. 그런 비용 전표뿐 아니라 각종 거래처에 얽히고설킨 자질구레한 업무들도 상당하다. 그런 업무 때문에 발목이 잡힌다면 주희가 퇴사 대상자가 되는 것도 팀을 위해서 결코 효율적인 선택은 아니다. 일단 그녀의 업무 능력은 B+ 정도. 일을 찾아서 하는 스타일은 아니지만, 자신이 맡은 일은 무난히 잘 해낸다. 여직원이 그 정도면 충분하다.

마지막으로 김 과장. 김 과장은 정말 팀 내 주포다. 야구로 치면 우리 팀 4번 타자다. 그를 퇴사시키면 정말 한동안 팀이 안 돌아갈 수도 있을 정도다. 김 과장은 능력 있는 놈이기에 이 사태를 직감 후 자신 스스로 퇴사를 선택할 수도 있다. 그럼 타 회사에서 덥석 물어갈 것이 분명하다. 여기서 쓸모 있는 놈은 타 회사에서도 분명 쓸모가 있기 때문이다. 김 과장이 행여 경쟁사에 이직이라도 할라치면 우리에게 부메랑을 던질 놈이기도 하다. 김 과장이 구축하고 있는 인적 물적 네트워크는 업계에선 정말 인정해 줄 만하다. 역시 능력 있는 놈은 밖에 나가서도 튀게 마련이다. 내가 김 과장에게 나가라고 권유하면 그는 멋(cool)지게 퇴사할 수도 있겠지만, 김 과장은 역시 잡아야 한다. 일단 김 과장 업무 능력은 A+.

그러고 보니 정말 만만한 직원이 한 명도 없다. 그렇다면 업무 능력 C 정도밖에 안 되는 나라도 퇴사할까? 사실 팀장 발령이 안 났다면 퇴사 대상자 중 난 어쩌면 유력한 후보일 수 있었다. 하지만 인생지사 운이라도, 그간의 노고를 본부장이 굽어보시고 나를 기득권층으로 들어 올려 줄 동아줄을 내려 주신 것이다. 내겐 크나큰 은총이다. 그럼에도 달리 생각해 보면, 본부장과 나는 근본 씨앗부터 다르다. 그는 소위 금수저다. 국적도 이중 국적자다. 미국에서 태어나서 영어도 거의 원어민 수준이다. 이중 국적자라서 군대도 안 갔다. 본부장 한 사람 월급이면 평직원 몇 명을 퇴사 안 시켜도 된다. 업무적으로도 보면 본부장은 회사에 어떤 기여를 하고 있는지 내가 분간하기 힘들다. 대외 행사 때마다 그저 얼굴이나 비추는 것이 그가 이 회사에서 하는 업무의 전부인 것 같다. 합리적으로 생각해 볼 때, 금수저로 태어난 본부장 퇴사가 모두에게 이익이다. 문제는 누가 고양이 목에 방울을 달 것인가다. 본부장은 굳이 이 회사 월급 안 받아도 단언컨대 먹고 사는 데 아무 지장이 없다. 그의 부친은 이름만 들어도 다 알만한 정계의 거물이라고 나는 들었다. 힘든 상황이 발생할 때마다 만식이 형님이나 나처럼 없는 사람이 더 궁지에 몰리게 마련이다. 나는 그냥 쓴웃음이 나온다. 이참에 아예 떨어진 폭탄을 배에 깔고 내가 누워 버릴까. 내 희생으로 팀원들로부터 잠시 영웅 소리는 들을 수 있겠지만, 그때뿐이다. 이럴 때일수록 괜한 영웅심은 버리고 냉정해야 한다. 나도 이제 애 아버지 아닌가. 아이 학원비와 식구들 이런저런 보험료 그리고 아파트 대출금 원리금만 해도 도대체 얼마인가. 숨만 쉬면서 아무것도 안 해도 기본적으로 나가는 돈이 이제는 상당하다. 게다가 아내가 나와 결혼한 이후에 그 뛰어났던 돈 버는 능력을 상실했다는 점이 나에겐 치명타다. 아내는 내가 벌어다 주는 생활비에 안락함을 느낀 것일까. 아내는 이제 도통 밖에 나갈 생각을 안 한다. 젠장, 일단 팀장 발령으로 이번 조직 축소에서 나는 살짝 비껴갔지만, 올해 실적 여부에 따라 나 역시 바람 앞에 선 촛불이다. 그래도 우선 견디고 볼 일이다. 지난 IMF 위기 때도 일단 버티니까 모든 일이 순조롭게 해결되었던 기억이 있다. 사람 일이란 한 치 앞을 분간하기 힘들다. 다시 정신 차리고 나를 제외하고 우리 팀 살생부를 다시 한번 검토하기로 하자.

다음 날 나는 회의실에 팀원들을 개별 호출했다. 본인들의 생각이 어떤지 우선 개인 상담이 필요했다. 경험상 이런 어려운 선택 상황이 닥쳤을 때, 정공법은 역시 솔직함이었다. 직원 개개인에게 나는 솔직하게 지금 회사가 처한 상황을 설명했다. 이게 다 애먼 리먼 브러더스 사태 탓이라고 핑계를 댔다. 핑계가 아닌 사실이었다. 직원들도 나름대로 회사의 힘든 상황을 잘 인지하고 있는 것 같았다. 배구에서 공격수가 스파이크할 때, 속임수 동작인 '페이크(Fake)'인지 모르겠지만, 직원들은 내 설명을 듣고 나름대로 고민하고 걱정하는 것처럼 보였다. 사실 고민과 걱정은 내 몫이었다. 할당된 직원 두 명을 짧은 기한 내에 골라내지 못하면 그 숙제는 고스란히 타 팀으로 넘어간다. 그건 타 팀에게 심각한 민폐였고, 초임 팀장으로 첫 임무를 맡게 된 내겐 자존심의 문제이기도 했다. 하지만 각자 먹고사는 문제란 민폐나 자존심의 문제와는 사뭇 달랐다. 이 문제는 월말에 실적이 조금 모자라서 타 팀에 실적 동냥을 하는 상황과는 차원이

다른 사안이었다. 아니나 다를까, 개인 면담에서 퇴사 여부를 물었을 때 그들은 모두 펄펄 뛰었다.

"팀장님, 저 결혼 날짜 곧 잡는 거 아시잖아요. 이 시점에 퇴사는 진짜 안 되는데."

이 대리는 내게 강력히 저항했다. 이때 내가 '이 대리 넌 아직 젊잖아. 다른 데 충분히 알아볼 수 있지 않을까'라고 말할 수 없었다. 쥐새끼라도 퇴로를 주지 않고 궁지로 모는 것은 바람직하지 않았다. 그랬다간 자칫 돌발 상황이 발생할지도 모를 일이었다. 특히 재기발랄한 이 대리는 충분히 그럴 수 있는 캐릭터였다. 나는 일단 모든 팀원의 상황과 이야기를 듣고 판단하기로 했다. 그를 자리로 보내고 이번엔 만식이 형과 면담했다. 역시나 만식이 형님도 나를 곤혹스럽게 했다.

"이 팀장, 내 비록 고졸이긴 하지만 회사가 주는 쥐꼬리 같은 월급 이상 더 많이 일하는 거 알잖아. 그간 고생도 많이 했고 이제 좀 살만한데 개국 공신을 설마 쳐내진 않겠지?"

"알죠 형님, 우선 팀원들 생각을 들어보는 거니 너무 염려 마세요."

이런 문제에 유독 우유부단한 나는 이미 한발 물러서고 말았다. 더구나 만식이 형님에겐 알아서 나가주시라는 말은 도저히 하기 힘들었다. 사람의 정이란 바로 이런 거였다. 다음엔 주희 씨 차례였다. 돌아가는 상황을 이미 훤히 알고 있던 여직원 주희도 기선을 제압당하지 않으려는 듯 나름대로 앙칼지게 내게 먼저 덤벼들었다.

"팀장님, 설마 저 임신했다고 내보내려는 거 아니죠?"

"내보내기는? 내가 뭐 결정권이 있다고. 일단 주희 씨 생각을 들어보는 거야. 너무 걱정하지 말라고."

주희는 여기에 한마디 더 보탰다.

"몇 달 후 배가 산만해져서 출산 휴가 가면 그때 한번 진지하게 퇴사 생각해 볼게요."

주희의 그 말이 나는 더 얄미웠다. 내가 처한 상황은 몇 달 후가 아니었다. 지금 당장 필요할 뿐이었다. 회사의 일이란 언제나 기한이란 것이 존재했다. 유통 기한이 지나면 아무도 쳐다보지 않을 일이 바로 조직의 일이었다. 어쨌든 주희도 전혀 퇴사할 생각이 없음을 나는 확인할 수 있었다. 그다음 우리 팀 에이스, 김 과장 차례였다. 그와는 긴말조차 주고받지 못했다. 김 과장은 자신을 내치려면 얼마든지 하라는 눈치였다. 하지만 김 과장만큼은 내가 보낼 수 없었다. 김 과장은 정말 사내에서 대체 불가한 인재 중의 인재였다. 우리 팀에 있어 줘서 고마울 따름이었다. 조직이란 게 이가 없으면 잇몸으로라도 돌아가게 마련이지만, 김 과장만큼은 달랐다. 그는 영리했다. 자신의 업무를 조직의 시스템으로 돌아가게 만드는 것이 아니라 자신이 없으면 일 자체가 안 되도록 자신만의 독특한 시스템을 만들었다. 진정 회사를 위하는 길이라면 김 과장이 남고 내가 나가는 것이 훨씬 더 좋은 선택이었다. 하지만 지금의 이 비상시국에는 회사의 이익보다 사실 사익(私益)을 더 우선해야 할 상황이었다. 회사야 어떻게든 굴러간다. 우선 나부터 살고 볼 일이다. 막다른 낭떠러지에 몰려 김 과장과 내가 남는다면, 난 당연히 거기서 김 과장을 밀어내야 한다. 김 과장의 장렬한 죽음이 내 가족을 먹여 살린다. 그것이 내가 사는 길이었다. 단지 그런 상황에 몰리지 않기만을 나는 바랄 뿐이었다.

이렇게 몇 안 되는 직원 면담을 해보니 나는 정말 난감했다. 핑계 없는 무덤이 없듯, 각자 나름대로 사정이 있었다. 팀장으로 발령받자마자 나 역시 난관에 봉착했다. 팀장으로서 약간 더해지는 직책 수당이나 법인카드 접대비 한도 증액 같은 달콤함 대신, 이런 혹독함이 먼저 나를 짓눌렀다. 어쨌든, 모두에게 퇴사 신청서를 한 부씩 전달했다. 며칠 후 마감 기한까지 희망자는 그 신청서를 작성 후 내 책상 협탁 서랍에 넣어 놓으라고 지시했다. 제발 그 신청서가 세 장, 아니 네 장이 되어 그중 누구를 고를까 고민하게 된다면 그나마 다행이다. 최악은 마감 시한까지 서랍에 단 한 장의 퇴사 신청서도 발견할 수 없는 상황이다. 그 퇴사 신청서 이름은 영어로 'VRP(Voluntary Retirement Program)'라고 자발성을 강조했지만, 그것을 내게 제출하는 직원이 내게는 'VIP'였다. 마감 시한까지 퇴사시킬 인원 선발을 못 하면 최악의 경우가 발생한다. 그때는 내가 퇴사 대상자가 될 수도 있는 상황이었다. 팀장 발령이 내겐 보호막이 될 수도 있겠지만, 본부장은 자신의 출신 성분대로 효율을 따지는 미국식 경영 방식에 익숙한 사람이었다. 어제 팀장 발령을 내고 아니다 싶으면 다음 날 바로 번복할 수 있는 인물이었다. 본부장은 영화 <마진콜(Margin Call)>에서 단호한 결정을 내렸던 사장 '존(John)'의 캐릭터처럼 그런 부분에 아주 능수능란했다.

만 하루가 지나 다시 팀장 회의가 소집되었다. 그 회의 자리는 팀 실적을 운운하는 미팅이 아니었다. 사느냐 죽느냐의 갈림길에서 팀 실적은 아무도 관심 없었다. 본부장이 주도하는 그 회의는 팀 내 퇴사 예정자가 몇 명인지 중간보고하는 자리였다. 부럽게도 타 팀에는 벌써 한두 명씩 퇴사 확정 예정자가 나오기 시작했다. 그 팀의 팀장이 부러웠다. 난 고개를 제대로 들지 못했다. 본부장 앞에서 이렇다 할 결과를 보고하지 못했다. 본부장은 실망한 듯 남아있는 기한을 다시 팀장들에게 상기시켜 주며 홀연히 회의실을 빠져나갔다. 나도 회의실을 나와 내 자리로 돌아왔다. 퇴사한 성 부장님이나 박 팀장이 앉았던 이 자리는 역시 기가 센 자리였다. 이 자리는 역시 내 자리가 아닌 것 같았다. 이 책상에 앉아 있으면 뭔가 마음이 불편했다. 보이지 않는 억센 기가 항상 내 뒤통수를 때리는 것 같았다. 자리로 돌아온 나를 보자 팀원들은 모두 나와 시선을 마주하지 않으려는 듯 머리를 처박은 채 뭔가에 열중하고 있었다. 아마 내 눈치를 보고 있거나 각자 나름의 사내 안테나를 세워 구조 조정 상황이 어떻게 진행되고 있는지 알아보고 있을 것이 뻔했다. 나는 한숨이 나왔다. 어쨌든 직원들과 이차 면담을 시작해야 했다. 일차 면담에 성과가 전혀 없었기에 이차 면담은 필연적이었다. 일차 퇴사 권유 면담이 '간 보기'였다면 이차 면담의 주제는 '유혹과 권유'였다. 회사는 퇴사자에게 약간의 위로금과 함께 전직 지원 프로그램이라는 당근을 내세워 재취업을 할 수 있는 길을 열어 준다고 했다. 하지만 그건 말 그대로 유혹을 위한 미끼일 뿐이었다. 경력직 재취업은 그런 시답지 않은 재취업 프로그램을 통해서 이루어지는 것은 아니었다. 어차피 딴 데 갈 수 있는 재원은 알아서 자리를 옮기는 것이 경력직 인력 시장의 원리였다. 하지만 내가 가진 무기라곤 회사가 주는 약간의 명예퇴직 위로금과 재취업 프로그램 등록 알선밖에 없었다. 내가 쓸 수 있는 그 초라한 무기를 가지고 일단 직원들과 이차 면접을 시작했다. 이차 면담도 역시 결과는 마찬가지였다. 내가 가져간 무기는 이미 쓸 수 없는 구형 무기였다. 팀원들 모두 그 무기가 변변찮은 것들임을 이미 잘 알고 있었다. 아마 사내 정보에 발 빠른 이 대리가 미리 정보를 빼내어 팀원들에게 공유한 것이 분명했다. 하긴 회사가 마련한 별 시답잖은 퇴사 보상을 미리 알든지 혹은 내게 전해 들어서 알든지, 그것은 본인들이 퇴사 결정을 하는 데 아무런 영향을 주지 않았다. 일차 면담과 동일하게 이차 면담도 서로의 입장만 확인한 채 끝나고 말았다. 각자는 일차 면접 때와 달리 퇴사를 할 수 없는 더욱 강력한 사유를 들이댔다. 결국 할당 인원을 채워야 하는 나만 비굴한 상사가 되었다.

다음날 오전, 또 팀장 미팅을 했다. 나는 태평양을 건너온 리먼 브러더스 사태가 원망스러웠다. 이명박 대통령의 반지르르한 이마와 동네 아저씨 같은 강만수 장관의 후줄근한 꼬락서니가 눈에 선했다. 퇴사 인원 할당 수를 채우기까지 이제부터 매일 회의를 소집한다고 본부장은 팀장들에게 으름장을 놓았다. 인원 제출 마감 시한은 이제 이틀밖에 남지 않았다. 이틀 후면 팀을 이끄는 수장으로서 책임을 지고 내가 대신 퇴사 신청서를 제출해야 할 상황을 맞을지도 몰랐다. 본부장은 아마 이런 상황을 예측하고 내게 팀장이란 감투를 씌웠는지 모른다. 왕이 되려면 그 왕관의 무게를 견뎌야 하는데, 그 무게를 견딜 위인이 나는 아니란 걸 본부장은 이미 간파하고 있지 않을까라는 생각도 들었다. 정말 그것이 사실이라면 본부장의 통찰력은 정말 대단하다. 자평하기에 회사 내에서 내 실력 등급은 기껏 C 정도였다. 경기 활성화의 파도를 타고 나도 한때 잘 나갔던 시절도 있었다. 문제는 지금 그 사람의 전체적인 이미지였다. 인사 고과에서 숫자나 문자로 매겨지는 것 말고 흔히 말하는 평판이란 것이 특히 팀장급 이상 관리자에겐 더 중요한 법이었다. 최근 몇 년간 팀 성적과 더불어 요즘 하향세를 그리는 내 평판 그래프를 본부장은 이미 훤히 꿰뚫고 일찌감치 나를 희생양으로 삼았는지 모른다. 본부장이란 위치에서 보면 깨물어서 아프지 않은 손가락이야 없겠지만, 본부장 역시 자신이 다치지 않으려면 직원에게 일격을 가해야 함이 개인적으로 옳은 선택이었다. 마치 내가 살기 위해 퇴사시킬 팀원을 고르는 행위와도 같았다. 본부장도 사장에게 명령을 받아 팀장급 중 퇴사 대상자를 물색하고 있는 것임이 틀림없다는 생각이 들었다. 생각해보면 나이 많고 월급 많이 받는 나 같은 능력 없는 팀장 몇 명 솎아내는 것이 회사 구조 조정이란 측면에서 보면 훨씬 더 효율적이다. 이런 시나리오를 본부장이 미리 구상하고 있었다고 생각하니 나는 그가 무섭게 느껴졌다. 한때 본부장을 능력도 없는 것이 부모 잘 만나 호강하는 금수저라고 내가 폄하하기도 했었다. 역시 본부장이란 직책은 고스톱 판에서 하루아침에 딸 수 있는 직위는 아닌 것이 분명해 보였다. 마감 시한까지 인원을 채우지 못한다면 내가 대신 사표를 써야 할 지 모른다는 그런 불길한 생각이 계속 내 머릿속에 맴돌았다. 이미 야생에서 돈 버는 능력을 상실한 채 나만 바라보고 있는 아내와 빨리 먹을 것을 달라며 입만 쩍쩍 벌리고 있는 독수리 새끼 같은 내 아이를 상상했다. 날개가 부러져 먹잇감을 구하지 못하는 초라한 내 모습을 상상했다. 난 이내 머리를 흔들었다. 나는 불알 두 쪽만 찬 채 아무것도 가진 것 없이 흙수저를 물고 태어났다. 금수저는 언감생심, 열심히 일해서 동수저나 은수저라도 되고자 IMF 때부터 온갖 풍파를 거치며 여기까지 달려온 나였다. 역시 왕후장상의 태생적 한계는 나 같은 필부가 넘을 수 없는 벽이란 걸 실감하는 순간이었다. 퇴사 예정자 명단 제출 마감 시한이 이제 이틀밖에 안 남았다. 상황은 변할 것 같지 않았다. 이날 팀장 미팅에서도 역시 나는 기가 죽을 수밖에 없었다. 다른 팀에서 또 몇 명 퇴사 희망자가 나왔다. 본부장은 그 팀 팀장들의 노고를 치하했다. 본부장의 강력한 드라이브가 나름의 성과를 보는 순간이었다. 우리 팀만 아직 진척이 없었다. 무슨 큰 죄인도 아닌데 그날 미팅에서도 나는 얼굴을 제대로 들 수가 없었다. 내가 쓰고 있는 왕관이 내 머리를 아주 무겁게 짓눌렀다. 다른 팀장들이 '너희 팀은 뭐하냐?'라며 내게 비아냥거리는 것 같았다. 그렇게 회의가 끝났다. 난 다른 팀장들의 퇴사권유 성공 노하우가 필요했다. 나는 그중 좀 친한 옆 팀 정 팀장과 담배를 한 대 피우러 회사 밖으로 나갔다. 정 팀장에게 난 진지하게 물었다. 어떻게 팀원들을 설득시켰냐고. 정 팀장 대답은 의외로 간단했다. 직원들과 같이 술 한 잔 마시며 간절히 부탁했다고 했다. 과연 그럴듯했다. 일단 팀원들 경계심을 풀려면 술이 필요했다. 정 팀장의 이 간단한 조언에 나도 그날 밤, 팀 회식 자리를 만들었다. 외근 나가 있던 김 과장과 이 대리를 그날 저녁 한 술집으로 불렀다. 퇴근 시간이 되어 사무실에 남아있던 주희와 만식이 형을 데리고 우리도 회식 자리에 합류했다. 어차피 일이 손에 잡히지 않았다. 술 마시면서 일단 직원들 경계심이 풀리면 나도 내 힘든 가정사를 직원들에게 들먹여야 한다. 직원들에게 너희보다 내가 더 불쌍한 상황임을 알려야 한다. 그래서 그들의 동정심을 사는 것이 그날 술자리에서 나의 일차 목표였다. 목표치고는 상당히 치졸하고 저급했다. 과거 미국 프로야구 메이저리그 구단의 한 단장은 팀의 필요에 따라 그간 정든 선수를 언제든 타 팀으로 트레이드를 시켜야 하는 상황 때문에 선수들과 일체의 친분이나 정을 쌓지 않았다고 했다. 조직의 목표를 위해 그런 냉정함을 가지는 것을 보면 그 단장은 진정한 프로였다. 사사로운 감정에 얽매이는 나는 영락없는 아마추어였다. 그날 우리는 술자리에 모두 모였다. 입이 가벼운 이 대리가 리먼 브러더스 사태를 화제로 분위기를 주도했다. 이야기는 돌고 돌아 결국 인원 감축 구조 조정을 해야 하는 우리 회사 내부 이야기로 귀결하였다. 회사의 잘잘못을 떠나서 직원 감원 계획 앞에서 회사를 이해하거나 두둔하는 직원은 역시 없었다. 이 상황에서 팀장이랍시고 회사 편을 든다면 영락없이 나 스스로 직원들과 벽을 쌓는 행위나 다름없었다. 나 역시 회사 편을 들고 싶지 않았다. 따지고 보면 사실이 그러했다. 회사가 경영 악재에 휘말릴 때마다 매번 희생은 실무자나 하급 직원이 감당해야 했다. 사무실에 앉아 아무 데나 돌을 던지면 그 돌에 맞는 사람은 대체로 과장급 이상 관리자였다. 조직의 계층 구조가 완전 역삼각형으로 더 단단히 굳어지고 있었다. 이 나라가 출산율이 저조하고 노령 인구가 급증하는 것과 마찬가지였다. 하지만 기득권층도 나름대로 할 말은 있었다. 그들은 그들의 자리를 지켜 낼 정당한 이유가 있었다. 젊고 유능한 직원은 이 상황을 참지 못하고 각자 살길을 찾아 나섰고, 기득권층은 복지부동하는 상황이 반복하면서 조직은 서서히 노후화되어 있었다. 만일 내가 강력한 카리스마를 발휘해서 우리 팀 직원 두 명을 내보낸 후 나는 살아남는다면, 조직 노후화에 일조하는 것이나 다름없었다. 어느덧 입에 착착 감기는 회사 욕으로 술자리가 깊어가고 있었다. 우리가 상황을 변화시킬 수는 없었다. 그저 뒤에 숨어 회사 욕이나 하며 금수저를 물고 태어나지 못함을 한탄할 수밖에 없었다. 그 분위기에 취해 나는 이 술자리에서 내가 해야 할 목표를 까맣게 잊고 있었다. 아니 잊었다기보다 그 술자리는 내 신세 한탄을 할 분위기가 아니었다. 눈치 빠르고 처세에 능한 팀원들이 그들 스스로 내게 먼저 하소연하는 바람에 그 자리에서 난 그저 그들의 동조자 역할밖에 할 수 없었다. 정 팀장이 알려준 술자리 전략은 그렇게 실패로 돌아갔다. 각자 자신에게 맞는 방법이 따로 있는 법이었다. 일차 술자리를 그렇게 마쳤다. 팀원들은 한 잔 더 하겠다고 했다. 이차 술자리를 앞두고 이제 대놓고 나는 빠지라고 만식이 형님이 내게 말했다. 이제 내가 팀장이라고 팀원들은 나를 부담스러워 하는 것 같았다. 이차 술값을 계산할 법인카드를 만식이 형에게 전달해 주고 난 그들의 요구대로 총총히 사라졌다. 어차피 그들에게 필요한 건 내가 아니라 내가 가진 법인카드였다.

다음 날 저녁 퇴근 무렵, 또 팀장 회의가 소집되었다. 전날 회심의 술자리를 가졌건만, 이미 물거품이 된 상태에서 내게 성과라곤 있을 수 없었다. 오늘도 내 책상 협탁 안은 여전히 텅 비어 있었다. 자발적 퇴직원 제출 마감 시한 만 하루를 앞두고 이 팀 저 팀에서 나름의 성과가 있었다. 퇴사 희망자가 예상보다 더 많아진다면 굳이 우리 팀에서 차출하지 않아도 될 상황이었지만, 그건 그저 희망 사항일 뿐이었다. 타 팀에게 실적을 구걸하기는 현재까지 신청한 전체 퇴사 희망자 수가 목표 대비 아직턱없이 부족했다. 명단 제출 마감 시한을 만 하루 앞두고 이날회의에서 팀장들 모두 술렁거리기 시작했다. 여기가 고스톱 판이라면 돈은 따지 못할지언정 피해를 최소화해야 했다. 면피 전략이 그나마 차선이었다. 마감 시한까지 딱 한 명만이라도 제출할 수 있다면 그것이 곧 나에겐 차선책이자 면피였다. 내가 가진 화투패는 단 한 장, 먹은 피라곤 일 피 또는 이 피 정도 수준이었다. 면피를 위해 패 한 장으로 삼 피 사 피 이상을 따먹어야하는 순간이 도래했다. 심장이 벌렁거렸다. 내일까지 직원들 퇴직원을 제출 못 하면 내가 독박을 써야 할 지 몰랐다. 회의를 주재하는 본부장의 눈이 이날 따라 더 이글거렸다. 본부장의 서슬퍼런 그 눈매는 퇴사 예정자로 애초부터 나를 점찍어 놨다고 말하고 있었다. 본부장은 애초부터 이 화투판의 주선자였다. 언제나 그렇듯 도박판에서 주선자는 절대 돈을 잃지 않았다. 화투판 주선자, 일명 '하우스(house)'는 판돈 일부를 '뽀찌'라는 명목으로 차곡차곡 거둬들인다. 이 도박판에서 누가 돈을 따든 잃든관심 없는 사람이 곧 본부장이었다. 애초부터 게임의 규칙이 그랬다. 그날 저녁 퇴근길은 우울했다. 아내는 내게 무슨 일 있냐며 내 눈치를 살폈다. 어쩌면 곧 사표를 써야 할지 모른다는 말은 차마 아내에게 할 수 없었다. 이제 막 학교에 간 아이는 자신이 그린 그림이 선생님께 칭찬을 받았다며 내게 천진난만하게 웃으며 보여주었다. 우리 가족이 모여 행복하게 웃는 그림이었다. 그림 속 해님도 밝게 웃고 있었다. 그 행복해 보이는 그림을 보는 순간 난 찔끔 눈물이 나왔다.

결국 마지막 날이 오고야 말았다. 내 마음을 아는지 그날은 주룩주룩 비가 내렸다. 난 무거운 마음으로 출근했다. 잔뜩 긴장한 마음으로 책상 옆 협탁 서랍을 살며시 열었다. 학창시절 성적표 열어보는 그 얄팍한 긴장감과는 비할 바도 아니었다. 역시 비어 있었다. 오늘 퇴근 전 오후 다섯 시 본부장 주재 회의 시간까지가 마감 시한이었다. 나는 깊은 한숨을 쉬었다. 이때 팀원들이 하나둘씩 사무실에 나타났다. 팀원들은 아무 일 없다는 듯 평소와 다름없었다. 머리에 무거운 왕관을 쓰지 않은 그들이 나는 부러웠다. 오전 업무가 어떻게 돌아가는지도 모르게 점심시간을 맞이했다. 직원들과 같이 점심을 먹었다. 나는 먹는 둥 마는 둥 했다. 뭘 먹었는지도 기억이 잘 나지 않았다. 점심을 먹은 후 책상에 앉았지만, 역시 마음이 불편했다. 이미 퇴사한 성 부장님과 박 팀장이 앉았던 기 센 이 자리가 이날 따라 더욱 위력을 발휘했다. 도저히 책상에 앉아 있을 수가 없었다. 나는 옥상으로 올라갔다. 담배를 한 대 물었다. 내 정신적 갈등과 달리 담배 맛은 정말 맛있었다. 폭탄을 배에 깔고 장렬히 죽음을 맞이해야 할 상황이 임박한 것 같았다. 국내도 아니고 먼바다 건너 미국의 리먼 브러더스 사태 때문에 영락없이 내가 죽을 판이었다. 나는 퇴사 이후의 삶에 대해 이런저런 생각이 들었다. 받은 위로금으로 치킨집을 열어야 하나, 치킨집을 열면 한 달에 얼마를 벌 수 있을까, 그간 생각하지도 않았던 건강 보험료와 핸드폰 요금 그리고 자동차 보험료가 얼마나 드는지 마음속으로 계산을 해봤다. 퇴사하면 영락없이 내 돈으로 내야 할 공과금 같은 것들이었다. 아이 영어 학원도 끊어야 했다. 돈 버는 기능이 이미 퇴화한 마누라를 생활 전선으로 보내야 할지도 모른다. 술 먹고 늦게 들어오는 아내를 매일 밤 나는 조마조마해 하며 기다려야 할지도 모른다. 평일 날 낮에 음식물 쓰레기를 버리러 오르내리는 엘리베이터 안에서 마주하는 이웃 아줌마들의 따가운 시선에도 이제 익숙해져야 한다. 암튼 퇴사 후 내 삶의 변화를 생각하면 눈앞이 캄캄했다. 그렇게 한참을 옥상에서 머물다가 다시 사무실로 돌아왔다. 난 체념했다. 뭐에 홀린 듯 나는 퇴사 신청서를 꺼내어 내 이름을 기재하고 서명했다. 퇴사 신청서를 작성하는데 채 일 분도 걸리지 않았다. 입사하려면 수십 년을 체계적으로 공부하고 준비해야 하지만 퇴사 절차는 정말 간단했다. 나는 내 퇴사 신청서를 봉투에 넣어 웃옷 안 주머니에 넣어두었다. 오후 다섯 시 마지막 회의에서 집계한 최종 결과에 따라 내 사표 제출 여부를 나 스스로 결정하기로 했다. 나를 팀장으로 앉힌 본부장이 진정성이 있었다면 내 퇴사 결정을 만류할 가능성도 없지는 않았다. 본부장이 진짜로 나를 퇴사시키려 팀장 자리에 앉힌 건지, 아니면 진정으로 내게 희망의 동아줄을 내려 준 건지 아직 본부장의 의도는 내가 정확하게 파악할 수 없다. 정말 단 1%라도 본부장이 나를 긍정적으로 생각했다면 그 마지막 희망이라도 나는 잡고 싶었다. 그러면 그때부터는 본부장과 회사에 뼈를 묻어 충성하리라 나는 맹세했다. 최종 집계 마감 회의를 십여 분 앞두고 나는 화장실 변기에 앉았다. 변의는 전혀 없었다. 내 앞길이 앞으로 어떻게 펼쳐질지 나는 변기에 앉아 한동안 고민했다. 역시 답은 없었다. 회의 시간이 임박했다. 이제 회의실에 들어가야 했다. 무거운 마음으로 내 자리로 돌아와 수첩과 펜을 챙겼다. 마지막으로 책상 아래 협탁 서랍을 열었다. 그런데 이게 웬일, 두 장의 퇴사 신청서가 놓여 있었다. 순간 머리를 둔기로 맞은 듯 섬광이 번뜩했다. 팀원은 다들 어디 갔는지 아무도 없었다. 여직원 주희조차 자리에 없었다. 직원들도 모두 오늘 다섯 시 회의가 구조 조정 대상자 선정 마지막 회의라는 것을 모를 리 없었다. 조심스럽게 퇴사 신청서에 기재된 이름을 살폈다. 신청자는 이 대리와 만식이 형님이었다. 만식이 형님 퇴사 신청서 상단에 노란 포스트잇 메모가 한 장 붙어 있었다. 거기에 이렇게 쓰여 있었다.

'어제 이차 술자리에서 팀원들과 최종 합의 봤어. 어차피 리먼 브러더스 때문에 일어난 일, 이 대리와 만식이, 우리 리만 브러더스가 해결한다. 그동안 고마웠어. 힘내 최 팀장.'

다음 생(生)을
기다리며

나는 로또복권 1등 당첨자였다. 2018년 4월 802회 당첨번호 10, 11, 12, 18, 24, 42. 아무리 소설이지만, 믿어라, 믿는 자에게 복이 있나니. '1등 당첨자였다'고 과거형으로 말하고 있는 나의 안타까운 사연을 누군가 한번 들어주었으면 하는 간절함으로 나는 지금 이 소설을 쓰고 있다. 젠장.

오만 원짜리를 잔돈으로 바꾸기 위해 편의점에서 산 천 원짜리 로또복권 한 장이 정말 1등에 당첨되었다. 달랑 한 장 산 복권이 1등에 당첨됐다고? 에이, 그런 게 어딨어? 뭐 긴 이야기 하긴 싫다. 누가 뭐래도 어쨌든 당첨된 건 사실이니까. 하지만 로

또복권 1등 당첨은 항상 그 이후가 문제다. 나 역시 예외가 아니었다. 당첨 사실 확인 후, 나는 심장이 멎을 것 같았지만, 난 우선 최대한 침착하고자 했다. 남들도 그러겠지만, 그 사실을 나는 아무에게도 말하지 않았다. 심지어 아내에게도. 그리고 실수로 잃어버릴까 싶어 당첨 복권을 지갑에 절대 넣어두지 않았다. 나는 당첨 복권을 집 거실 한구석에 언제나 장식용으로만 자리하고 있는 고전 전집 중 '장자(莊子)' 전집 책 속에 복권을 휴지로 잘 감싼 후 152페이지와 153페이지 사이에 고이 넣어두었다. 수십 번을 고민해도 거기보다 더 안전한 곳은 없었다. 이후 나는 언제 어떤 방법으로 이 복권을 현금으로 교환할까, 또 그 많은 돈을 어떻게 쓸까, 그리고 죽을 때까지 어떻게 이 기밀을 유지할까 하는 생각만 했다. 그러던 중 내게 또 거짓말 같은 일이 벌어졌다. 머리 식히러 모처럼 남해 먼 섬으로 출조를 해서 밤새 갯바위에서 참돔을 잡으려 씨름하다 변변찮은 씨알 몇 마리만 잡은 채 올라오는 상행길 고속도로에서 나는 엄청나게 큰 교통사고를 당한 것이다. 잠 설치고 밤새 갯바위에서 낚시나 하다가 이튿날 바로 운전대를 잡은 것이 화근이었다. 이게 무슨 막장 드라마 같은 이야기냐고? 그래도 믿어라, 사실인데 뭐 어쩌라고.

나는 눈을 떴다. 주위는 조용했다. 얼마 동안 의식이 없었는지 나는 기억이 나지 않는다. 천정에서 비추는 강한 불빛에 나는 눈을 제대로 뜰 수가 없었다. 실눈을 뜨고 감고를 나는 몇 번 반복했다. 그제야 카메라 렌즈가 초점을 잡듯, 서서히 내 동공이 그 빛에 적응했다. 천정에서 비추는 불빛이 평범한 형광등이란 걸 나는 인지할 수 있었다. 나는 몸을 일으키려 했지만, 내몸이 말을 듣지 않았다. 온몸에 아무 감각이 없었다. 서울로 향하는 고속도로에서 졸음운전을 하던 중 차선을 이탈하여 대형화물차를 들이받은 것까지 기억한다. 화물차에 받히는 순간 나는 심장이 터질 것 같았다. 죽음이란 이런 것이라는 것을 느낄수 있었던 순간이었다. 죽음을 느낄 새도 없이 나는 의식을 잃었다가 이제야 눈을 뜬 것이다. 며칠이나 지났을까. 내가 지금죽었는지 아직 살아있는지 나 스스로 판단할 수조차 없다. 머릿속에는 온통 살아야겠다는 의식과 집에 숨겨진 복권 생각밖에 없었다. 1등 당첨 복권이 손에 들어왔는데 이대로 죽을 수는 없는 일이다.

어디선가 부스럭거리는 소리와 함께 젊은 여자들의 잡담 소리가 들렸다. 그 소리에 나는 다시 눈을 떴다. 눈을 뜨거나 감거나 하는 것을 제외하곤 내 몸을 스스로 통제할 수 없음을 나는 느꼈다. 몸에 아무런 감각을 느낄 수 없었다. 눈알을 여기저기돌려 보았다. 우측으로 블라인드가 쳐진 유리창이 보였다. 반쯤 열린 블라인드 사이로 옅은 햇빛이 들어왔다. 맑은 날 같았다. 창문 옆으로 침대가 하나 보였다. 어느 환자가 누워 있었다. 다시 눈알을 굴려 왼쪽을 봤다. 역시 침대가 있고 인공호흡기를 달고 있는 중늙은이 환자가 눈에 들어왔다. 여기는 분명 중환자실이었다. 옆에서 들리던 젊은 여자들의 잡담 소리가 내게 점점 가까이 들려왔다. 간호사들이었다. 간호사 둘이 내 앞에 섰다. 두 간호사 모두 흰색 옷에 분홍색 카디건을 걸쳐 입고 있었다. 한 간호사는 내가 누워있는 침대 머리 위 무언가를 보더니 들고 있던 서류 판에 볼펜으로 뭔가를 써넣었다. 또 한 간호사는 내가 누운 침대 아래 달린 무언가를 확인하고 있었다. 아마 소변 주머니일 것이라 나는 생각했다. 나는 분명 소변 주머니를 차고 있을 텐데 아랫도리에 아무 감각이 없었다. 난 눈알을 굴려 간호사들을 쳐다봤다. 나와 눈이 마주쳤지만, 그녀들은 나를 모른 척했다. 나와 눈이 분명히 마주쳤는데 그들은 내게 미소를 짓거나 말을 걸어주지도 않았다. 내가 말을 걸어보려 했지만, 말이 나오지 않았다. 간호사는 그냥 그렇게 돌아서 가버렸다. 난 의식이 분명히 있는데 뭔가 많이 잘못된 것 같았다. 나는 다시 눈을 감았다. 졸렸다. 나도 모르게 나는 다시 긴 잠에 빠져들었다.

얼마나 시간이 흘렀을까. 나는 다시 눈을 떴다. 희미한 형광등 불빛이 내 시야에 들어왔다. 동공이 힘들게 수축하여 서서히 초점을 잡았다. 나는 눈알을 여기저기로 굴렸다. 오른쪽 창가 침대에 어제 누워 있던 환자가 죽은 사람처럼 말없이 누워 있었다. 왼쪽으로 눈알을 굴렸다. 옆에 처음 보는 누군가가 다소곳이 나를 지켜보며 앉아 있었다. 그는 승복처럼 보이는 검은색 도포를 입고 있었다. 나이 지긋한 영감탱이였다. 그 영감은 쭈

글쭈글한 얼굴에 깎지 않은 흰색 수염이 특이했다. 검은색 도포와 흰색 수염이 유난히 내 눈에 들어왔다. 그는 가지고 있던 지팡이로 자신의 턱을 괸 채 나를 유심히 바라보고 있었다. 예사롭지 않은 인물로 보였다. 더 자세히 보기 위해 나는 몸을 일으켰다. 이번엔 어쩐지 나는 상체를 일으킬 수 있었다. 다행이었다. 나는 나의 상체를 일으켰지만, 내 몸의 무게나 저항감을 나는 전혀 느낄 수 없었다. 새털처럼 아주 가뿐하게 나는 상체를 일으켰다. 나는 침대에서 내려오려 했지만, 하체는 아무 감각이 없었다. 다리를 들어야 하는데 다리에 힘이 들어가지 않았다. 아무 느낌도 없었다. 상체를 일으키는 것 외 하체는 전혀 움직일 수가 없었다. 앞에 앉은 승려 같은 노인은 나와 눈이 마주치자 내게 미소를 지어 주었다. 날카로운 영감의 눈매가 금세 선한 눈매로 바뀌었다. 눈꼬리 옆으로 난 주름과 흰 턱수염이 인상적인 노인네였다.

"이제야 정신 좀 차렸소."

그 노인은 먼저 내게 말을 걸었다.

"뉘신지?"

내가 물었다. 얼마 전 간호사와 눈이 마주쳤을 때까지 입 주변 근육을 움직일 수가 없어서 말을 할 수 없었는데, 이번엔 '뉘신지'라고 나는 정확히 발음하고 있었다. 노인은 미소 지으며 내게 말했다.

"뒤를 보시죠."

그 노인의 말을 듣고 나는 뒤를 돌아봤다. 난 화들짝 놀라지 않을 수 없었다. 나는 분명 상체를 일으켰지만, 침대엔 똑같은 내가 누워있었다. 마치 하체 하나에 상체 둘 달린 괴물의 모습이었다. 누워있는 사람은 분명 나였다.

"당신은 누구요?"

화들짝 놀란 나는 영감에게 다그치듯 물었다. 영감은 내 침대 옆 조그만 의자에 앉은 채 여전한 미소를 지으며 내게 말했다.

"난 당신을 데리러 왔소. 이제 때가 된 것 같소만."

"뭐라고요?"

"영면하시기 일보 직전입니다. 어젯밤이 예정일인데 의사가 생명을 조금 연장했구려."

난 마치 낭떠러지에서 떨어지는 꿈을 꿀 때 느꼈던 것처럼 가슴이 철렁 내려앉았다.

"그럼 당신은?"

"네. 저승에서 왔지요."

그러고 보니 그는 내가 알고 있는 저승사자의 이미지와 비슷했다. 검은색 갓을 쓰지 않은 것을 제외하곤 TV에서 익히 봐왔던 저승사자의 모습과 비슷해 보였다. 분을 바른 듯한 흰 얼굴과 흰 턱수염, 그와 대비하는 유난히 검은 눈동자. 상체를 일으킨 채로 나는 병실을 돌아봤다. 몸에서 반쯤 내 혼령이 분리된 지금에야 내가 누워있는 병실의 상황을 나는 제대로 파악할 수 있었다.

"그럼 내가 지금 혼령이 된 거요?"

"그렇지요. 명(命)이 조금 남아 있어 혼령이 몸에서 완전히 분리되지 않은 상태랍니다."

"이런."

죽는 것이 이런 느낌이란 걸 나는 다시 실감할 수 있었다.

"이제 다 돼갑니다. 맘 편히 조금만 더 기다리시지요."

아뿔싸, 이게 무슨 일이람. 이렇게 죽는다면 로또복권 1등 당첨이 뭔 소용인지. 게다가 장자 책 속에 그 복권을 숨겨놨다는 사실을 나 말고는 아무도 모른다. 안 그래도 읽지도 않는 고전 전집이 집안 공간만 차지한다며 고물상에 다 팔아버릴까 하던 아내였다. 난 무조건 살아야 한다, 아니 죽더라도 죽기 전에 아내에게 복권의 위치를 알려야 한다. 하지만 난 지금 죽기 일보 직전인지라 한마디 말조차 할 수가 없는 상황이다. 정말 이게 무슨 막장드라마 같은 상황이란 말인가.

내가 누운 곳은 내 침대까지 여섯 개의 침대가 놓인 꽤 큰 병실이었다. 여섯 개의 침대 모두 환자가 저마다의 사연으로 누워 있었다. 전부 산소 호흡기나 인공호흡기를 달고 있었다. 각자 머리맡에 환자의 상태를 알려주는 숫자와 그래프를 보여 주는 조그만 모니터가 두세 개씩 달려 있었다. 생명이 얼마 남지 않은 환자들만 모인 중환자실이었다. 그중엔 나처럼 상체만 반쯤 일으켜 세운 사람도, 아니 혼령도 있었고 아직 죽을 때가 안 되었는지 사람 그대로의 모습으로 누워 있는 환자도 있었다. 또 한 명의 환자는 젊은 남자 같은데 마치 3D 영화를 보듯 혼령이 몸을 빠져나올 듯 말 듯 한 상태를 반복하고 있는 모습도 눈에 들어왔다. 문 옆에 상체를 반쯤 일으켜 세운 어느 할머니의 혼령 옆에도 저승사자로 보이는 이가 등을 보인 채 그녀가 죽기를 기다리고 있었다. 나는 다시 저승사자에게 물었다.

"그나저나 내가 어떻게 된 거요?"

"그런 건 중요하지 않습니다. 단지 때가 되었을 뿐입니다."

저승사자가 내 앞에서 나를 기다리고 있는 마당에 후회해도 이미 소용없는 일일까? 상황을 잘 파악하고 냉정해야 한다. 실오라기만 한 가능성이라도 있다면 우선 살아야 하고, 죽어야 한다면 어떻게든 다시 환생해서 당첨 복권을 되찾아야 한다. 나는 그 순간 이 생각뿐이었다. 나는 저승사자에게 물었다.

"내가 죽으면 어떻게 되는 겁니까?"

이 영감이 저승사자란 것을 알게 된 후, 나는 말투를 좀 부드럽게 고쳐 물었다.

"흔히들 저승이라고 부르는 선계(仙界)에서 우선 49일간 머물게 됩니다. 그 기간에 해탈하셔서 고통과 번뇌가 없는 니르바나(Nirvana)의 세계로 가실지, 아니면 이승에서 쌓은 업(業)에 이끌려 윤회계로 돌아가 다시 환생할지 스스로 결정하십니다. 삶도 죽음도 아닌 그 중간의 선계를 우리는 바르도(Bardo)라고 부르지요."

"니르바나? 바르도?"

"네, 니르바나. 사(死)후에 바르도에서 해탈하셔서 니르바나로 가는 것이 모든 인간의 궁극적 목표죠."

사자의 말은 내게 선문답처럼 들렸다.

"해탈이고 니르바나고 난 모르겠고, 난 우선 환생해야 합니다. 그럴 사연이 있습니다. 이대로 죽어야 한다면 다시 환생하는 법을 좀 알려주세요."

입가에 미소를 지으며 사자는 내게 답했다.

"바르도에 가면 본인 스스로 카르마(業)를 벗어내고 해탈에 이르거나 환생하기가 쉽지는 않습니다만, 그래도 생각하는 대로 모든 것이 잘 이루어질 겁니다. 너무 심려 마십시오."

나는 두려움이 엄습했다. 죽는다는 것이 이런 것이라고 생각하니 허무했다. 아직 이른 나이에, 게다가 굴러온 수십억 당첨금을 단돈 십 원 한 푼 써 보지도 못한 채 생을 마감해야 한다니 나는 기가 막혔다. 나는 다시 사자에게 물었다.

"아내에게 긴히 할 말이 있는데, 어떻게 좀 전할 방법이 없겠소?"

"그런 건 중요하지 않습니다. 이제 속세의 바람이나 욕심은 내려놓으시지요."

이런 답답한 상황이 또 있을까. '장자 책 속을 봐라.' 이 한 문장만 말이든 글이든 아내에게 전달만 해도 덜 억울하겠건만, 나는 인생이 정말 일장춘몽처럼 허무하게 느껴졌다. 평소처럼 운전대를 잡았을 뿐인데, 순간의 졸음이 나를 황천길로 인도할지 나는 상상조차 하지 못했다. 아직 완전히 죽지는 않았지만, 나는 이제 죽은 것이나 다름없었다.

아내와 아직 어린 딸이 눈에 밟혔다. 저승사자가 나를 데리러 온 이상 나에게 더는 희망이란 없어 보였다. 사자에게 나는 다시 물었다.

"당신은 어떻게 저승사자가 된 거요? 다시 이승으로 환생할 수는 있는 거요?"

사자는 입가에 미소를 지었다. 입꼬리가 살짝 올라가니 그는 인상 좋은 옆집 할아버지 같아 보였다.

"전생의 업보 때문이지요."

"전생에 무슨 중죄라도 지었는지?"

"그건 알 수 없습니다. 이승이든 저승이든 윤회계로 들어와 생명체로 다시 태어났다는 것은 전생에 풀어야 할 업이 있었기 때문입니다. 그 업을 제대로 풀지 못하면 이승이든 저승이든, 사람이든 동물이든. 다시 생명체로 태어납니다. 후생에서 전생의 업을 풀지 못하면 태어나고 죽기를 반복하게 됩니다. 이승에서의 삶은 그 자체로 고통이지요. 윤회가 반복하는 삶 자체가 고통의 연속입니다. 인간 삶의 궁극적 목표는 윤회를 넘어 고통이 영원히 없는 니르바나의 세계로 나가는 것이지요. 하지만 죽더라도 다음 생에서 인간으로 환생하는 것이 그나마 좀 낫습니다. 사후에 길을 안내할 저 같은 저승사자라도 만날 수 있으니 말입니다. 저 같은 사자로부터 해탈하는 방법이라도 전해 들어야 니르바나로 갈 기회라도 잡을 수 있겠지요. 만일 짐승이나 식물 따위로 환생하면 윤회계를 벗어날 방법이 없습니다. 인간이 아니면 사후에 저승사자의 인도를 받을 수 없답니다. 니르바나로 갈 기회 자체가 없어지는 것이죠. 어쨌든 현생에서의 삶은 그리스 신화 속 인물 시시포스의 반복적인 삶과 같습니다. 하늘에서 인간에게 지독한 숙제를 내주는 것이지요. 저도 이곳 바르도에서의 삶을 접고 천상계로 빨리 가고 싶답니다. 바르도에서 죽은 혼령들 모시는 것이 내겐 참 고역입니다."

난 고개를 끄덕이며 그의 말을 받았다.

"이승의 삶이 고통이든 뭐든 저는 이번 생에서 풀어야 할 업이 내게 있으니 꼭 다시 환생해야 합니다. 니르바나도 내겐 필요 없습니다. 오직 환생만이. 날 좀 도와주시게."

말을 하고 보니 갑자기 이 저승사자가 나와 같은 고민을 하는 가까운 사람처럼 친근하게 느껴졌다.

이때 병실 문이 열리면서 내 아내와 아직 어린 딸이 키우던 애완견 '쫑'을 담은 애완견 가방을 들고 병실 안으로 들어왔다. 내 가족은 이미 마음의 준비를 한 것 같은 모습이었다. 나는 다소곳이 아내와 딸을 불렀다. 그들은 내 말을 알아듣지 못했다. 누워있는 내 모습을 본 아내는 침울해했다. 아마 시간이 얼마 안 남았다고 마음의 준비를 하라는 말을 의사로부터 이미 들은 것 같았다. 여섯 살 딸 윤영이는 죽음이 뭔지 아직 모르는 듯

'아빠, 빨리 일어나서 우리 집에 가자.'라고 나를 재촉했다. 딸은 내 겨드랑이 사이로 자신이 그린 그림 카드를 끼워 넣었다. 보나 마나 눈이 커다란 공주 그림과 함께 '아빠 사랑해요.'라는 글을 새겨 넣었을 것이다. 생전에 무슨 기념일마다 애교 많은 딸에게 받았던 그림 카드였다. 아내는 반려견 쫑을 담은 바구니를 내 침대 옆 바닥에 놓았다. 주먹보다 자그마한 대가리를 바구니 밖으로 빠끔히 내민 채 쫑은 임종을 앞둔 나를 처량한 듯 또는 고소한 듯 올려다보고 있었다. 살아생전 나는 키우던 치와와 쫑을 아주 싫어했었다. 나는 원래 개를 싫어했다. 나는 차라리 고양이를 키우자고 했지만, 아내와 딸은 강아지를 더 선호했다. 개를 싫어하는 내 행동 하나하나를 눈치 빠른 쫑도 이미 느끼고 있는지 쫑 역시 나만 보면 적대적으로 짖어대는 등 내게 호의적이지 않았다. 미움은 미움을 낳는 법, 나 역시 그런 쫑을 볼 때마다 발로 차고 구박하고 못살게 굴었다. 나는 평소에 쫑을 '한 그릇'이라고 불렀다. 복날에 쫑을 솥에 넣고 삶으면 영양탕 딱 '한 그릇'이 나올 것 같은 그런 작은 강아지였다. 아내와 딸은 내가 쫑을 한 그릇이라고 부르는 것을 질색해 했다. 이렇게 죽을 거라면 그간 쫑에게 좀 더 살갑게 대해 줄 걸 하는 아쉬움이 남았다.

어느덧 이승을 떠날 시간이 더 다가오는지 일으킨 상체에서 내 혼이 허벅지 중앙 부분까지 몸에서 빠져나와 있었다. 유체이탈 하듯 내 혼령이 몸에서 발가락 끝까지 다 빠져나오면 죽는 것이라고 나는 생각했다. 슬퍼하는 가족을 뒤로하고 그들이 듣지 못하는 저승사자와 나의 대화는 계속되었다. 내가 또 사자에게 물었다.

"망자 중 윤회하지 않고 해탈하여 니르바나로 가는 경우도 많은가요?"

내 질문을 듣고 그는 살며시 입가에 미소를 띠었다. 저승사자라고 하기에는 인상이 아주 온화했다. 이 친구가 나를 저승으로 편하게 인도해 줄 것 같은 믿음이 생기기 시작했다.

"전생의 업에 따라 대체로 정해지지요. 전생의 업이 무엇인지 모르기 때문에 현생에서 다시 업이 생기고 그 업을 씻기 위해 또 다른 생명으로 반복하여 환생하지요. 그래서 이 지구가 그렇게 생긴 생명체들로 유지되는 겁니다."

"암튼 저는 이번 생에서 풀지 못한 업이 있으니 꼭 다시 환생해야 합니다."

이때 문 옆 침대에 누워 있던 한 할머니 환자의 혼령이 완전히 빠져나오는 것이 보였다. 그 혼령은 몸에서 빠져나와 침대에 누워 있는 자신을 잠시 보더니 이내 그녀를 기다리고 있던 저승사자와 같이 중환자실 문밖으로 쓸쓸히 퇴장했다. 등을 보이며 문밖으로 빠져나가는 할머니 혼령의 모습이 처량했다. 무슨 사연이 있는지 죽는 순간에도 옆에서 지켜보는 가족이 단 한 명도 없었다. 쓸쓸한 임종이었다. 할머니의 그 혼령이 빠져나간 지 몇 초도 안 되어 그 할머니가 누워있던 침대 머리맡 위 모니터에서 '삐'하는 경고음이 울렸다. 이내 간호사들이 그 환자 침대 앞으로 모였고 환자로부터 몇 가지를 상황을 확인하기 시작했다. 올 것이 왔다는 듯, 간호사 한 명은 누군가에게 전화를 걸었다. 아마 그의 보호자나 담당 의사 또는 시신을 갈무리하는 전담자일 것으로 생각했다. 그 모습을 같이 보고 있던 나는 저승사자에게 말했다.

"쓸쓸한 죽음이네요."

"그렇습니다. 태어날 때만큼 주목받지 못하는 죽음은 항상 쓸쓸하답니다."

순간 나도 모르게 내 혼이 무릎 아래까지 벗겨짐을 느꼈다. 마치 옥수수를 싸고 있는 겉껍데기가 벗겨지듯, 이제 내 혼이 무릎 이하로만 달랑달랑 붙어 있었다. 이제 내게 이승에서의 시간이 얼마 안 남은 것 같았다. 뒤를 돌아서 누워 있는 처량한 내 모습을 나는 봤다. 숨이 좀 더 가빠지고 있었다. 곧 내가 내 몸을 빠져나와 자유의 혼이 될 것 같았다. 무릎 아래까지 혼이 벗겨진 나를 보더니 저승사자는 가만히 앉은 채 옅은 미소를 지었다. 빨리 빠져나오라고 독촉하지도 않았다. 이제 내가 죽는 것은 기정사실이었다. 죽는 건 죽는 것이고, 그 이후 바르도란 곳에 가서 최대한 정신 차리고 다시 이곳으로 환생하는 방법에 대해 나는 사자에게 집요하게 질문했다. 그리고 그가 일러준 방법을 잊지 않으려 그의 말을 나는 몇 번이나 되새겼다.

어느덧 창밖엔 어둠이 깔리고 있었다. 아내와 딸은 내 임종을 기다리다 지쳤는지 병실 밖으로 나가 있었다. 나는 고개를 뒤를 돌려 누워 있는 내 모습을 봤다. 내 입에 채워진 인공호흡기는 좀 더 바쁘게 펌프질을 하고 있었다. 그 공기를 받은 내 심장은 더 거칠게 요동치고 있었다. 이제 내가 내 육체로부터 발목까지 분리되었다. 철봉에 대롱대롱 매달린 초등학생 같은 모습이었다. 시간이 얼마 남지 않은 듯했다. 의사가 내 남은 시간을 말해 줬는지 아내와 딸은 다시 내게로 왔다.

"이제 정말 얼마 안 남았군요."

내가 사자에게 말했다.

"그런 것 같습니다."

뒤를 돌아보니 누워 있는 내가 숨을 더 헐떡이고 있었다. 가족들이 내 옆에서 마지막 나의 모습을 지켜보며 안타까워하고 있었다. 그 순간 갑자기 머리맡 모니터에 비친 숫자가 요동치더니 순식간에 수치가 뚝뚝 떨어지기 시작했다. 80, 70, 60, 55, 30, 20, 10, 그리고 마침내 0. 그와 동시에 발목을 잡고 있던 내 혼이 내 몸에서 스르르 분리되었다. 헐떡이던 내 심장은 크게 한번 요동치더니 그대로 멈췄다. 이후로 더는 심장이 뛰지 않았다. 모든 것이 아주 자연스러웠다. 고통도 없었다. 아내는 내 옆에서 올 것이 왔다는 듯 조용히 눈물을 흘렸다. 아내는 내 귀에 자신의 입을 가까이 대며 부드럽게 속삭였다.

"그동안 수고 많았어. 이제 그만 편히 쉬어."

아내의 목소리는 차분했다. 그 말을 들으니 나도 한결 마음이 편했다. 나와 저승사자는 내가 누워있는 침대에서 한 발 떨어져 이미 죽은 내 모습을 같이 보았다. 편안해 보였다. 간호사들은 내게로 와서 달려 있던 인공호흡기를 떼고 이것저것 점검을 했다. 저승사자는 이제 그만 떠날 것을 종용했다. 그가 먼저 등을 보이며 중환자실 문밖으로 나갔다. 나는 그를 따라나서지 않을 수 없었다.

나는 중환자실 문밖을 나서자 강한 빛에 앞이 잘 보이지 않았다. 먼저 나간 저승사자의 시커먼 등만 보였다. 그 등을 보고 나는 열심히 그를 따라나섰다. 그는 기다려주지 않았다. 그렇게 한나절을 걸었다. 힘들거나 다리가 전혀 아프지 않았다. 숨도 차지 않았다. 어디로 향하는지도 모르는 채 우리는 안개가 자욱한 시골길을 걸었다. 나무와 숲이 우거져 길게 이어진 길이었다. 군데군데 길옆에 앉아서 쉬거나 멍하니 웅크리고 누군가를 기다리고 있는 혼령들도 있었다. 이승에서 풀지 못한 한이 많아 차마 선계로 가지 못하고 구천에서 떠도는 혼령들이라고 저승사자가 내게 말해 주었다. 어느덧 저 멀리 희미하게 강이 보였다. 그 강 앞으로 조그만 나무다리도 보였다. 강 건너편은 안개와 숲으로 우거져 있어 어떤 모습인지 분간이 되지 않았다. 저승사자가 말했다.

"저 앞에 보이는 강과 나무다리 건너편이 바르도로 가는 첫 번째 관문입니다. 이제 곧 돌아갈 수 없는 강을 건너야 합니다. 준비되셨는지요?"

알몸으로 태어나 옷 한 벌은 건졌다는 노래 가사 내용이 떠올랐다. 옷 한 벌이 아니라 나는 수십억 원이나 하는 당첨 로또 복권을 남겼다. 환생해서 다시 그 복권을 찾아야 한다는 의지가 불타올랐다.

구천에서 떠도는 저들처럼 이곳에 남아 있을 수 없었다. 선택의 여지 없이 우리는 조금 더 걸어 그 조그만 강 앞 나무다리에 이르렀다. 다리 건너의 모습은 자욱한 안개로 잘 보이지 않았다. 먼저 걷는 저승사자와 두어 발 떨어져 나도 조심스레 다리를 건넜다. 자욱한 안개를 뚫고 다리 건너의 세상으로 나는 발길을 재촉했다. 다리를 건너자마자 거짓말처럼 안개가 걷혔다. 거기서 내가 본 건 장례식장의 모습이었다. 아니나 다를까, 나의 장례식이었다. 영정 사진을 앞에 두고 두 눈을 훔치고 있는 아내의 모습을 보았다. 조문객으로 장례식장이 붐볐다. 나는 아내 손을 꼭 잡고 말했다. '거실 책장 속 장자 책을 펴보라고.' 아내는 내 말을 알아듣지 못한 채 침울하게 방바닥만 쳐다보고 있었다. 손을 잡아도 말을 걸어도 아내가 내 존재를 알 리 없다는 사실에 나는 가슴이 아팠다. 옆에서 지켜보고 있던 저승사자가 내게 말했다.

"자, 이제 바르도에서 첫날입니다. 환생하는 방법을 다시 한 번 설명해 드릴 테니 잘 새겨들으십시오. 화장이든 매장이든 장례식 후 본인의 육신이 사라지면 선생께서는 의지할 수 있는 육체를 갖고자 하는 욕망이 피어오를 겁니다. 전생에 쌓은 카르마에 따라 그 욕망의 크기가 결정됩니다. 어떤 육신이라도 내 혼령을 거기에 기대고 싶은 욕망을 통제할 수 있느냐 없느냐가 관건입니다. 지금부터 약 49일간 선생님은 많은 선택 상황에 놓일 겁니다. 특히, 추위를 피해 동굴로 들어가셨다면, 그 안이 곧 첫 번째 선택의 순간입니다. 동굴 안에 여러 구멍이 있을 것이며, 그 속에서 새어 나오는 불빛을 유심히 관찰하십시오. 그 구멍 중 하나가 바로 인간으로 환생할 수 있는 관문입니다. 부디, 생각하는 대로 된다는 불가(佛家)의 믿음을 믿으시고 마음을 비우고 공(空)의 느낌을 이해하려 노력하십시오. 그리고 그것을 이해했다면 마음 가는 대로 행하십시오. 그러면 선생께서 원하는 정답을 찾으실 수 있을 겁니다. 그게 순리이자 진리입니다. 아쉽지만, 저와의 인연은 여기까지입니다. 이제 헤어질 시간이 왔네요. 부디 좋은 곳으로 가시길 기원 합니다."

저승사자는 이렇게 작별을 고하고 총총히 내 앞에서 사라졌다. 가지 말라고, 같이 가자며 나는 그를 몇 발짝 따라나섰지만, 허사였다. 그는 이미 저 멀리 사라지고 난 후였다. 저승사자가 일러준 환생하는 방법을 잊지 않으려 나는 그의 말을 다시 새겼다. '욕망을 통제하고 선택 상황에서 공(空)의 느낌을 이해하려 노력하라?' 애매한 해법이지만, 일단 나는 무조건 환생해야 하니 따지고 말고 할 상황이 아니었다.

저승사자의 말처럼 나의 장례식이 끝나고 내 육신은 화장되었다. 내 육체가 사라진 후, 나는 극도의 불안을 느꼈다. 저승사자의 말 그대로였다. 바르도에서의 생활은 이승과 그리 다르지 않았다. 보고 듣고 느끼는 것은 물론이고 불안과 우울 같은 심리상태도 경험할 수 있었다. 이승에서의 삶은 마감했지만, 이곳에서의 나날은 마치 살아있을 때 잠을 자며 꿈을 꾸는 것과 비슷했다. 내 육신이 화장장에서 한 줌의 재가 된 이후, 내가 가장 많이 느낀 감정은 단연코 불안과 추위였다. 어두침침한 이곳에서 누군가가 나를 해칠 것만 같았다. 그리고 매일 계속되는 혹독한 칼바람이 나를 더 몸서리치게 했다. 장례식 때 입은 수의 한 벌로는 이곳의 추위를 견딜 수 없었다. 동굴 안이든 허름한 집이든 건물이든 나는 따뜻한 어딘가에 숨고 싶었다. 진흙밭에서 뒹굴지언정, 저승보다 그래도 이승이 낫다는 말을 나는 실감했다. 따뜻한 어머니 품을 그리는 아이처럼 내 몸을 녹일 은신처를 찾아 나는 무작정 헤매고 다녔다. 저승사자의 말대로라면 생각한 대로 이루어진다고 하는데, 나는 지금 생각하고 있는 마땅한 은신처를 찾지 못했다. 여기 바르도에서 생각하는 대로 이루어지지 않는 것을 보니 전생에 내가 쌓은 업이 나를 힘들게 하고 있다고 생각할 수밖에 없었다. 나를 괴롭히고 있는 불안이나 추위 따위가 아예 없다고 생각해야 하나? 그것이 사자가 말한 '공(空)'의 경지일까? 하지만 나는 그런 것을 뛰어넘을 위인이 아니었다. 지금 단지 불안과 추위에서 벗어나고픈 욕망만 절실했다. 저승사자가 헤어지기 전 내게 말한 비어있는 공의 느낌을 알고자 해도 나는 도저히 그것을 알 길이 없었다.

한나절을 헤매어 나는 어느 음습한 동굴 초입에 이르렀다.
마음에 들지 않지만, 그래도 잠시나마 찬바람을 피할 수 있는
곳이라 생각했다. 어두운 동굴을 향해 나는 조심스레 발을 들
였다. 안은 어두웠지만, 곧 나의 눈이 그 어둠에 적응하였다. 동
굴 안으로 한발 한발 들어갈수록 안에서 따뜻한 공기가 흘러나
왔다. 그 따스한 유혹의 공기를 따라 나는 무언가에 홀린 듯 점
점 더 동굴 안으로 깊이 들어갔다. 깊이 들어갈수록 멀리 희미
한 빛줄기도 보였다. 그 빛과 따뜻한 공기에 이끌려 나는 무작
정 동굴 깊숙한 곳까지 발을 들였다. 동굴은 안으로 들어갈수록
점점 더 넓어졌다. 너른 공간 사이사이로 빛이 새어 나오는 여
러 개의 입구가 터널처럼 널려있었다. 어두운 흰색 빛, 어두운
초록빛, 어두운 노란색 빛, 어두운 푸른색 빛, 어두운 붉은 빛과
회색빛이 새어 나오는 터널같이 생긴 여러 가지 동굴 속에서 나
는 또 다른 동굴 입구를 발견했다. 여러 개의 그 입구는 마치 내
게 선택을 종용하는 것 같았다. 저승사자의 말대로 이 역시 내
가 쌓은 업의 작용이리라 생각했다. 그 업의 작용일까, 나 역시
어디 한 곳을 헤집고 들어가고 싶은 강한 욕구를 느꼈다. 저승
사자의 말처럼 생각한 대로 이루어지리라 믿고 그 순간 나는 마
음을 비우려 노력했다. 비어있다는 공의 느낌을 어떻게든 떠올
려 보려 했다.
　　이렇게 나는 바르도에서 첫 번째 선택 상황을 맞았다. 빛이
새어 나오는 입구 중 맨 처음 내가 느낀 호감은 푸른색 빛 입구

였다. 어두운 동굴 속에서 미세하게 새어 나오는 푸른빛은 아늑한 분위기를 자아냈다. 나는 그 느낌을 믿었다. 이것이 사자가 말한 '공(비어있음)'의 느낌일까. 나는 달리 복잡하게 생각하기 싫었다. 아늑하게 느껴지는 푸른빛이 감도는 좁은 입구를 통과하기 위해 나는 허리를 숙이고 무릎을 꿇은 채 과감하게 푸른색 빛이 들어오는 굴 입구에 발을 들였다. 입구는 좁았지만, 이 길이 환생으로 나를 이끌어 주기를 나는 진심으로 바랐다. 푸른빛이 감도는 입구 안은 마치 어머니의 자궁 속 같았다. 허리를 숙이고 무릎을 구부린 불편한 자세로 나는 앞으로 기어갔다. 들어갈 때는 불편했지만, 그 안은 따뜻하고 아늑했다. 내가 생각한 대로 느낌이 좋았다. 나는 그제야 마음이 조금 놓였다. 그 안에서 자궁 속 태아의 모습처럼 몸을 웅크린 채 나는 한동안 머물렀다. 잠시 잠이 든 것 같기도 했고 아닌 것 같기도 했다. 그런 몽롱한 시간이 지속하였다.

얼마 동안의 시간이 흐른 뒤, 나는 이제 동굴 밖으로 나가야겠다는 욕구가 치솟았다. 좁은 공간에서 숨을 쉬는데 조금 답답해지기 시작했다. 엎드린 채로 나는 무작정 앞으로 나아갔다. 얼마 움직이지 않아 밖에서 새어 들어오는 한줄기 빛을 나는 발견했다. 출구가 분명했다. 빛이 새어 나오는 출구가 보이자 이상하게 나는 숨이 더 가빠왔다. 파란빛이 도는 동굴 안 입구에 들어올 때의 따뜻함과 안락함의 기분과 달리, 이제는 이곳이 숨이 가쁠 정도로 답답한 공간이 되어 있었다. 밖에서 여기 안으로 비추는 그 빛을 따라 나는 무작정 밖으로 나가려 계속 몸을 움직였다. 이곳에 계속 있으면 안 될 것 같은 느낌이 들었다. 나는 점점 숨이 가빠왔다. 산소가 없는 물속에서 몇 분을 견딘 사람처럼 나는 숨을 헐떡였다. 숨이 멎을 것 같은 고통을 느낄 즈음, 나는 어떤 알 수 없는 힘에 의해 동굴 밖으로 튕겨져 나왔다. 동굴 밖으로 튕겨져 나오면서 신선한 공기가 한꺼번에 내 코와 입으로 들어왔다. 이제야 좀 살 것 같았다. 어두운 동굴 안에 있다가 금방 나온지라 동굴 밖 밝은 세상을 볼 수 없을 정도로 눈이 부셨다. 내 눈이 그 강렬한 빛에 적응할 시간이 필요했다. 하지만 눈이 부셔서 주변을 탐색할 사이도 없이 커다랗고 뜨끈한 무언가가 내 몸을 쓸어내렸다. 마치 솔이 고운 커다란 빗자루로 내 몸을 닦듯이 그 행위가 지속되었다. 따뜻하고 촉감이 좋았다. 내 눈이 바깥의 밝은 빛에 서서히 적응하면서 나는 비로소 알았다. 내 몸을 쓸어내리는 커다랗고 뜨끈한 그 무엇이 무엇인지.

그것은 바로 눈알이 똥그란 치와와 어미의 혓바닥이었다. 내 몸을 핥는 그 어미 개는 내가 죽기 전 병상에서 마지막으로 측은한 듯 나를 쳐다보았던 바구니 속 쫑이었다. 그때 병상에서 본 쫑이 임신을 해서 아내가 쫑을 바구니에 담아왔었나? 내가 그토록 못살게 굴었던 쫑의 새끼로 내가 환생한 순간이었다. 내 딸 윤영이와 아내가 치와와로 태어난 나를 손가락으로 더듬으며 신기한 듯 바라보고 있었다.

환생은 성공했지만, 하필 개로 태어나다니, 이제 난 어떻게 해야 하나? 당첨 복권은 아까워서 어쩌나?

나는 막막하기만 했다. 푸념하거나 울부짖어도 내 입 밖으로 나오는 소리는 '깨갱'하는 개소리뿐이었다. 이왕 이렇게 된 일, 개는 수명이 짧으니 이승에서 어떻게든 빨리 죽어버리고, 개 다음 생에서 반드시 인간으로 태어나는 것이 그나마 최선이었다. 인간이 아니면 죽더라도 환생으로 이끌어 줄 방법을 알려줄 저승사자를 만나지 못한다는 사자의 말이 문득 생각났다. 어차피 개로 죽어야 하기에 바르도에서 저승사자가 내게 남긴 환생의 방법을 잊지 않으려 나는 다시 생각을 더듬었다. 동굴 안으로 들어가면 여러 개의 구멍이나 굴이 있는데 거기서 몇 번째 굴, 무슨 색 빛이 흘러나오는 구멍으로 들어가야 인간으로 환생한다고 구체적으로 들었던 것 같은데 사자에게서 들었던 그 말들이 점차 머리에서 희미해져 가고 있었다. 정신을 집중하고 사자가 내게 말했던 환생에 이르는 방법을 잊지 않기 위해 나는 다시 기억을 집중했다. 하지만 집중하려 해도 점점 머릿속이 희미해지고 있었다. 어미 치와와 혓바닥이 연신 내 몸을 핥아대는 바람에 나는 더욱더 정신을 집중할 수가 없었다.

"그만 좀 핥으라고. 이 개새끼야."

나는 나를 핥아대는 어미 개를 향해 크게 소리 질렀다. 하지만 내게 들리는 소리는 그저 '깨갱. 깨갱'하는 개소리뿐이었다.

'에구구, 내 복권.'

*참고문헌 : <티벳 사자의 서> (파드마삼바바 著, 류시화 옮김, 정신
세계사 1995년)

'할 말이 있는 사람이 마이크를 잡듯, 남기고 싶은 이야기가 있는 사람이 키보드를 잡는다.'

내가 살아온 반세기를 돌이켜보면, 나 역시 남들만큼 사연이 참 많았다. 지금 와서 돌아가신 부모님을 탓하랴, 시대를 잘 못 타고난 내 운명을 탓하랴. 다 부질없다. 돌이켜보면 죽을 것처럼 힘들고 괴로웠던 시절이었다. 곧 지천명(知天命)에 이를 만큼 세월을 견뎌온 지금 생각해보면, 그 힘들었던 사연들은 나도 모르는 사이에 지금은 내 인생의 자양분이 되어있었다.

나는 2014년부터 단편소설을 쓰기 시작했다. 무(無)에서 유(有)를 창조하는 사람이 진정한 크리에이터(creator)다. 이런 의미에서 보면 나는 역시 소설가나 크리에이터는 아니다. 내가 쓰는 모든 소설은 '유(有)'에서 시작하기 때문이다. 우리가 흔히 말하는 '우라까이'나 '기존의 것에서 살붙이기'가 내 작법의 한계다. 고민을 거듭하고 무한한 노력을 하여 '무(無)'에서 뭔가 새로운 이야기를 만들 수도 있겠지만, 나는 굳이 그럴 필요가 없다. 내가 살아온 삶 자체가 모두 소설이기 때문이다.

이 소설집에 실린 단편 8편은 거의 모두 나의 경험에 근간한다. 50%의 사실과 50%의 허구, 뭐 이 정도랄까. 소설가 박상우의 《작가》란 책에서 나는 얼핏 이런 문구를 본 것 같다.

'경험은 우려먹으면 끝장나는 것이라 오래 가지 못한다. 그뿐만 아니라 지적 자극을 통해 경험을 인식으로 심화시키지 못하면 소설의 바탕이 한없이 일천해진다.'

살아온 경험에 의해 나는 이 소설집 한 권을 우려먹었으니 이제 끝이다. 박상우 님 말씀처럼 '지적 자극을 통해 경험을 인식으로 심화시키지 못했으니' 내 소설은 더더군다나 여기서 끝이다. 경험을 인식으로 심화시키면 그것이 곧 문학이다. 내 소설은 잡기일 뿐, 결코 문학은 아니다. 하지만, 내 소설의 생명이 여기서 끝나도 나는 아쉽지가 않다. 젊은 날 힘들었던 그 기억을 이렇게 기록물로 남겼으니, 이 책 출간으로 그 기억의 장례식을 치른 것으로 생각하면 그만이다. 힘든 과거를 접고 나는 이제 그 아픈 기억들을 떠나보냈다. 나는 이제야 안심이 된다.

《나의 삼촌 부루스리》,《고래》등 천명관 작가의 주옥같은 소설을 보고 나도 소설을 써보고 싶었다. 내게 소설을 써 볼 동기를 부여한 천명관 작가님께 감사드린다. 내 기억의 장례식을 무료로 치르게 해 준 경기콘텐츠 진흥원 관계자분, 그리고 마음속으로 '이번 한 번만 더 속아보자'를 되뇌고 있을 피톤치드 출판사 사장님께 이 지면을 빌어 감사드린다.

불안의 정념,
글쓰기의 (불)가능성

이만영(문학평론가)

> "몇 개의 도회지를 방랑하며 청춘을 탕진한 작가는
> 엎질러진 것이 가난뿐인 거리에서 일자리를 찾는 중이다."
> 기형도, 〈흔해빠진 독서〉 중에서

0

단언컨대, 글을 쓰는 것만큼 시간을 '착취'당하는 일은 없다. 수 시간을 들여 한 문장 한 문장을 쓰고 지우고를 반복했다가 겨우내 한 문장을 완성하는 그 일념의 시간. 아무도 읽지 않을지도 모른다는 공포와 무력감을 홀로 감내해 내면서, 엉성한 펜을 붙잡고 무상하게 흘러가는 시계를 응시해야만 하는 그 고독한 시간. 이러한 시간들을 겹겹이 쌓아 올려 모름지기 수십 층의 높이가 될 때, 그러니까 몇 개의 문장들을 고안하기 위해 수많은 시간들을 탕진하고 착취당할 때, 우리는 비로소 그 문장의 발명가에게 작가라는 이름을 부여하게 된다. 이렇듯 작가는 자신의 시간을 탕진할 줄 알아야 한다는 점에서, 또 효율성을 강조하는 자본주의 시스템에 쉽게 화합할 수 없다는 점에서, 이 세계로부터 괴리된 '불온한' 존재임에 틀림없다.

217

내가 《블론 세이브》라는 책 한 권을 앞에 두고 작가 일반에 관한 이야기를 쓰는 이유는, 물론 이 책이 이진서의 첫 소설집 때문이기도 하지만, 사실 그보다는 이 소설집에 실린 일련의 작품들이 실업에 대한 불안과 글 쓰는 자의 불안을 동시에 내장하고 있기 때문이다. 다시 말해 이 소설집은 이진서 자신에 관한 이야기를 넘어서, 작가 일반에 관한 이야기이자 '엎질러진 것이 가난뿐인' 이 거리에서 일자리를 찾아 헤매는 지금-우리에 관한 이야기라는 것. 이제 우리는 《블론 세이브》를 통해 자본주의 시스템 바깥에서 배회하는 유령 같은 존재들을 목도하고, 좀처럼 포획될 수 없었던 그들의 목소리를 듣게 될 것이다.

1

바야흐로 실업자의 시대이다. 이 진술은 이진서 소설 전반을 읽을 때 반복적으로 떠오르곤 하는데, 그 이유는 아르바이트를 하는 대학생 화자에서부터 명예퇴직을 당한 중년 남성에 이르기까지 소설들의 화자가 주로 (준)실업자로 설정되어 있기 때문이다. 표제작 〈블론 세이브〉는 작가가 가진 세계관을 잘 응축한 작품으로, 네 번째로 직장을 잃은 실업자이자 세 자녀를 두고 있는 사십 대 중반의 가장 '백수(BS)'가 등장한다. 그는 팀의 승리를 지키기 위해 마운드에 오르는 투수처럼, 가정의 경제적 안정성을 유지하기 위해 고혈압을 앓고 있으면서도 직장에 나가 분투한다. 그러나 어렵사리 얻은 인턴 직원 자리마저 잃게 되는 그가 서 있을 곳은 아무 곳도 없다. 그야말로 "그의 삶은 매번 그런대로 가다가 마지막엔 여지없이 블론 세이브(Blown Save, BS)만을 반복"하는 것일 뿐이다. 이처럼 이진서의 소설에서 중년에 접어든 가장의 실직은 빈번하게 활용되는 소재 중 하나이다. 〈낚아내지 못한 자의 변명〉에서는 세 번째 퇴사를 당하는 중년 남성이 등장하는가 하면, 〈매가리 낚시〉에서는 명예퇴직을 당하여 아내와 아들로부터 외면당하는 남성 화자가 등장한다. "실업은 나의 인간관계까지도 이렇듯 위축시키고 있었다."(〈매가리 낚시〉)라는 진술에서 쉽게 읽어낼 수 있듯, 그의 소설에서 실업은 한 인간의 존재론적 가치가 소실되는 과정이자 결과로서 빈번하게 호출되고 있다.

이 작가가 실업(자)를 주요한 소재로 차용하는 데에는 그만한 이유가 있다. 근대적 개인은 모든 것이 더 '잘 될 것'이라는 기대감을 갖고 있으되, 그것을 결코 성취할 수 없는 좌절감에 휩싸여 있다. '잘 될 것'이라는 기대감이 성취되기는커녕 끊임없이 '만들어가야 할 것'으로서의 삶을 추구해야 하며, 그러한 삶을 실현시키기 위해 엄청난 집중과 노력을 감수해야만 한다. 더 이상의 사회적 구제를 기대할 수 없는 견고한 자본주의적 시스템 속에서, 개인은 그저 자기 스스로를 자본주의에 숙련된 인간으로 단련시켜야만 한다. 굳이 노동이 가진 신성성을 운운했던 막스 베버(M. Weber)를 거론하지 않더라도, 근대 이래로 노동은 인간 행위 가운데 최고의 지위를 부여받아 왔던 것이다. 이러한 세계를 살아가야만 하는 인간에게 실업은 그야말로 치욕이자 죄악이다. 그 결과, 실업자는 이 세계 바깥으로 추방되어 마땅한 이방인, 유령, 회색인으로 취급되기 일쑤이다. 이렇듯 불온하게 운용되는 이 세계를 향해 작가는 다음과 같은 윤리적인 질문을 제기하고자 했던 것이다. 노동의 영역으로부터 이탈된 자들이 이대로 익사되는 것을 방관할 것인가. 붕괴되어버린 사회의 윤리적 기초를 재건할 여지는 없는 것인가.

공교롭게도 이 작가는 약육강식과 적자생존의 논리가 횡행하는 이 시스템의 바깥은 없다, 라고 말하는 듯하다. 〈굿바이, 리먼 브러더스〉는 자본주의 시스템에 대한 도저한 회의가 두드러지는 바, 그는 이 작품을 통해서 인간적 유대와 공생이 불가능한 현실을 핍진하게 그려내고 있다. 이 작품의 '나'는 미국발 리먼 브러더스 사태 이후 급격하게 악화된 회사 실적 때문에 자기 팀원 중 두 사람을 퇴사시켜야 하는 상황에 직면하게 된다. 누구를 선택할까를 결정하지 못한 채 질질 끌다가 결국 형제처럼 지냈던 두 사람—이 대리와 만식이 형님—이 스스로 퇴사를 결정하게 된다.

일견 단순해 보이는 듯한 이 서사는, 우리가 살고 있는 이 세계의 '게임의 법칙'을 압축적으로 보여주고 있다는 점에서 의미심장하다. 당장의 실적을 위해서 형제와 다를 바 없이 지냈던 자에게 퇴사를 종용해야 하는 이 무서운 게임의 법칙 속에서 '나'는 인간적 유대감과 공생에의 의지가 언제든 휘발될 수 있음을 직시하게 된다. 고로, 퇴사한 두 사람에게 건넨 '굿바이'라는 인사는 이렇게 해석될 수 있을 것이다. 더 이상 '형제(브러더스)'라는 말이 용납되지 않을 정도로, 이 세계가 느슨한 인간관계를 형성할 수밖에 없는 곳임을 보여주는 냉혹하면서도 처연한 인사라고 말이다.

이 세계를 약육강식의 장(場)으로 간주하는 작가의 세계관은, 단순히 실업 문제에만 국한되어 표출되는 것은 아니다. 이를테면

〈두 개의 이름〉에서 기술된 다음과 같은 표현들, 즉 "인문계 고등학교에서 공부를 못한다는 건 곧 패배였고 기득권으로부터의 소외"라든지 "이 조그만 학교에서 폭력은 약한 이들을 잠재우기 위한 강력한 무기였다."와 같은 표현들은 우승열패, 적자생존, 약육강식의 논리가 80년대 이후부터 우리 사회 곳곳에 만연해 있었음을 잘 드러내고 있다.

"최루탄 냄새가 교실로 스멀스멀 스며들고 있었다."라는 문장으로 시작되는 이 소설은, 공권력이 작동하는 사회와 교사의 폭력이 일상화되어 있는 교실을 병치시킴으로써 우리 사회에 만연해 있는 폭력의 의미를 소설적으로 의미화하는 데 성공하고 있다. 최루탄 냄새가 교실로 스며든다는 것은 폭력의 네트워크가 무한히 확장되는 사회적 풍경을 은유적으로 표현한 것이다. 교사가 학생들을 시도 때도 없이 두들기고, 단지 기분 나쁘다는 이유로 상급생이 하급생을 때리며, 급기야 대입 원서를 위해 교사가 학부모의 촌지를 착복하는 이 세계는 약자를 거세해나가는 방식으로 '온전하게' 운용된다.

이렇듯 작가는 사회를 온전하게 작동시키려는 명목 하에 자행되었던 폭력의 역사를 폭로하고 고발한다. 다소 과장된 해석일지 모르겠지만, 작가는 발전주의라는 명목 하에 약자가 매몰되는 80년대의 폭력적 사태가 자본주의라는 명목 하에 실업자가 양산되는 2000년대의 폭력적 사태로 전이·발전·확장되고 있음을 설파하려 했던 것은 아닐까.

어찌되었건 자본과 노동이 견고하게 결속하고 있는 자본주의

사회에서 실업자는 도태되거나 '재상품화'의 길을 걸어야 한다. 말하자면, 실업자는 언제든 일하라는 요청이 떨어질 경우 언제든 일할 수 있는 만반의 채비를 갖춰야 한다. 그렇지 않을 경우 이 세계 바깥에서 유배된 삶을 살아야만 한다. 작가는 이러한 '비윤리적인 윤리'가 웅엄하게 작동되는 세계 그 자체를 심문한다. "애초부터 나는 벵에돔이 될 수 없었다. 이제부터라도 매가리로서 사는 법을 터득해야만 했다."(〈매가리 낚시〉)라는 서글픈 읊조림에서 읽어낼 수 있는 것처럼, '벵에돔'이 아닌 '매가리'로 살아가는 법을 체득하라는 이 세계의 요구가 과연 정당한지를 말이다.

2

앞서 서두에서 밝혔듯 이진서의 소설이 갖고 있는 미덕은 실업에 대한 불안만을 반복하지 않는다는 점에 있다. 그의 소설에서는 실업에 대한 불안뿐만 아니라 글쓰기에 대한 불안이 동시에 부각되고 있다. 이는 작가 개인의 경험이 짙게 배어있는 듯한 작품에서 특히 두드러지는 바, 〈물(水)의 기운〉과 〈낚아내지 못한 자를 위한 변명〉이 그러한 류에 해당된다. 〈물(水)의 기운〉에서는 세 번째 신춘문예에 도전하는 '나'가 등장한다. 그는 미팅에서 만난 '홍정연', 학과 동기 '미숙', 고교 동아리 동기 여학생 '정주은' 세 사람 중에서 한 사람을 선택하지 못한 상태이다. 이렇듯 세 사람 중 한 사람을 선택하지 못하고 표류하는 그의 모습은, '로맨스 포르노' 장르의 소설을 쓰고자 하나 결코 완성하지 못하는 모습과 고스란히 겹쳐진다. 말하자면 사랑을 성취하지 못하는 '나'와 신춘문예에 투고할 작품 또

한 완성시킬 수 없는 '나'의 모습을 중첩해 보여줌으로써, 작가는 사랑의 (불)가능성이 결국 글쓰기의 (불)가능성과도 연동되는 것임을 암암리에 드러내고 있는 것이다. 이처럼 〈물(水)의 기운〉이 글쓰기의 (불)가능성에 관한 문제를 사랑의 서사와 연동해서 보여준 작품이라면, 〈낚아내지 못한 자를 위한 변명〉은 글쓰기의 문제를 바다낚시의 성패 여부와 결부 지으려는 의지가 돋보이는 작품이다. 이 작품에서 '나'는 세 번째 퇴사를 한 일종의 '낙오자'로, 끓어오르는 열패감을 극복하고자 바다낚시를 하러 떠난다. 이 과정에서 '나'는 감성돔을 낚을 가능성과 신춘문예에 당선될 가능성을 동시에 상상한다. "이번 출조에서 감성돔을 잡느냐 마느냐의 결과로 나는 이번 신춘문예 당선 여부와 갈음하기로 마음먹었다."라는 진술이 명징하게 드러내고 있듯이, 번번이 감성돔 낚시에 실패하면서도 4%의 확률에 기대어 바다낚시를 반복하는 '나'는 비록 실패할지라도 끊임없이 신춘문예 당선이라는 꿈을 꾸며 글을 쓸 것임을 다짐하는 듯 보인다.

다시 말해 이 작품은 감성돔 낚시에 비록 실패할지라도 계속해서 바다낚시를 하는 것처럼, 신춘문예에서 비록 낙선을 반복할지라도 계속해서 글쓰기를 지속할 것이라는 작가적 결의가 투명하게 빛나고 있다는 것이다. 여기에서 내가 '투명하다'라고 평하는 이유는, 삶의 예측 불가능성을 충분히 인지하고 있음에도 불구하고 그 예측 불가능성에 함몰되어 삶을 관조하는 것이 아니라 끊임없이 뭔가를 지향하려는 작가의 시선이 제법 든든하게 와 닿았기 때문이다. 〈인중 끊어진 여자〉에서 '나'는 "예측 가능한 결과에 집착하는 삶"을 살아가고자 한다. 예측 가능한 성공적인 삶을 살기 위해 '나'는 결혼을 신분상승의 도구이자 수단으로 삼고자 한다. 그 결과, 연예인 데뷔를 꿈꾸는 무명의 연기자를 만나게 되지만 그녀가 관상학적으로 아이를 못 낳는다는 판단 하에 '나'는 그녀와 헤어지게 된다. 그러나 헤어진 이후 그녀는 유명 연기자로 발돋움하였고, 잘 나가는 사업가와 결혼하여 임신까지 하게 된다. 요컨대 '나'는 예측 가능한 결과에 집착하는 삶을 살았으나, 모든 것이 그 예측대로 되지 않았다는 것. 작가는 이러한 '나'의 서사를 통해서 인간의 예측대로 되지 않은 것이 바로 삶이라고 말한다. 물론 이 소설이 단순히 연애 실패담으로 읽힐 수 있는 여지는 충분해 보이지만, 그럼에도 불구하고 이 소설은 분명 삶의 예측 불가능성에 대한 작가의 진지한 성찰이 곳곳에 나타나 있다.

이처럼 이 작가는 연애와 낚시, 그리고 글쓰기에 실패하는 인간의 군상을 반복적으로 주조해냄으로써, 우리네 삶이 근본적으로 불확정적이고 예측 불가능한 것임을 웅변하고자 한다. 연애에 실패하는 것처럼, 또 감성돔 낚시에 실패하는 것처럼, 신춘문예 당선을 위한 글쓰기도 실패할 것이라는 것. 그리고 이러한 지독한 실패에도 불구하고 그 '예측 불가능성' 때문에 계속해서 글을 쓰겠다는 것. 그런 의미에서 이는 실패의 무한한 반복이면서 동시에 극복의지의 무한한 재생으로 해석될 수 있는 것이다.

3.

삶이 예측 불가능하다는 작가의 인식은, 우리가 계획하고 의도

하는 대로 삶을 꾸려나갈 수 없다는 인식과 맞닿아 있다. 취업하기 위해 분투하지만 취업에 번번이 실패하는 자, 연애와 결혼을 하기 위해 동분서주하지만 끝내는 뜻을 이루지 못하는 자, 등단을 위해 끊임없이 습작을 반복하지만 등단 자체가 유예되는 자. 이진서가 이러한 형상들을 반복적으로 주조함으로써 말하고자 하는 바는 이렇다. 아무리 수월한 능력과 자신감을 가졌다 하더라도 의도한 대로 이끌 수 없을 만큼, 삶은 그 자체로 미스테리하다는 것. 이러한 불확실한 환경에 놓여 있을 때 우리는 전적으로 '운(運, luck)'에 의존하게 된다. 한 인간이 운에 의존한다는 것은, 삶의 예측 불가능성에 대한 일종의 저항이자 무력감의 호소이다. 그런 의미에서 〈다음 생을 기다리며〉에 그려진 한 남성의 운명은 자못 의미심장한 데가 있다.

이 작품에서 '나'는 로또 복권에 1등으로 당첨되자마자 죽음을 맞이한다. 이 작품에서 주목할 것은 사후 세계에 관한 묘사 내지는 그에 관한 작가의 세계관이 아니라, 우연치 않게 얻은 요행마저도 허용될 수 없는 예측 불가능한 삶 그 자체이다. 개로 다시 태어난 '나'의 운명이 일목요연하게 보여주고 있듯, 이 세계에서 인간은 뭔가를 기대하고 예측한 대로 삶을 영위할 수 없다. 복권에 당첨되자마자 죽음을 당면해야 하는 것처럼, 삶에 대한 기대는 언제든 절망으로 손쉽게 바뀔 수 있는 것이다. 이처럼 이 작품은 가벼운 위트와 재치로 점철되어 있음에도 불구하고, 서사 속에 내장되어 있는 인식은 실로 만만치 않다. 결과를 미리 예측하고 결정할 수 있다는 삶의 철칙 따위는 이 세계에 더 이상 통용될 수 없음을, 그리하여 개인은 고통의 나락에 빠져 깊게 침잠할 수밖에 없음을, 그럼에도 불구하고 우리는 이러한 불안한 삶을 묵묵히 감내하면서 살아가야 한다는 사실을, 이 작가는 냉랭하면서도 유쾌한 목소리로 들려준다.

이러한 이진서의 목소리가 피폐해질 대로 피폐해진 문단 내에 새롭게 던져지고 있다는 점은 반길 만한 일임에 틀림없다. 이 작가가 내세운 불안의 정념들, 그러니까 실업과 글쓰기와 연애의 불가능성으로 인해 자신의 존재론적 가치가 휘발될지도 모른다는 절박감은 작가의 개인적 경험에서 우러나온 것이기도 하지만, 사실은 우리 모두가 경험하고 공감할 수 있는 보편적인 것이기도 하다. 단지 한 사람의 이야기가 아니라 우리 모두의 이야기로 간주될 수 있다는 것, 그것이 바로 이 소설집이 갖고 있는 넉넉한 미덕임에 틀림없다.

블론 세이브
(Blown Save)

지은이 | 이진서
펴낸이 | 박상란
1판 1쇄 | 2018년 10월 22일
펴낸곳 | 피톤치드
교정교열 | 이슬 디자인 | 김다은
경영·마케팅 | 박병기
출판등록 | 제 387-2013-000029호
등록번호 | 130-92-85998
주소 | 경기도 부천시 원미구 수도로 66번길 9, C-301(도당동)
전화 | 070-7362-3488
팩스 | 0303-3449-0319
이메일 | phytonbook@naver.com
ISBN | 979-11-86692-26-4(03810)

「이 도서의 국립중앙도서관 출판예정도서목록(CIP)은 서지정보유통지원시스템 홈페이지(http://seoji.nl.go.kr)와 국가자료공동목록
시스템(http://www.nl.go.kr/kolisnet)에서 이용하실 수 있습니다.(CIP제어번호: CIP2018030327)」

• 이 도서는 2018년 경기도 우수 출판콘텐츠 제작지원 사업 선정작입니다.
• 가격은 뒤표지에 있습니다.
• 잘못된 책은 구입하신 서점에서 바꾸어 드립니다.